Um cão no meio
do caminho

Isabela Figueiredo

Um cão no meio do caminho

Romance

todavia

À minha avó Margarida

*Nunca me esquecerei que no meio do caminho
tinha uma pedra
tinha uma pedra no meio do caminho
no meio do caminho tinha uma pedra.*

Carlos Drummond de Andrade

Parte 1: Lixo, lixo, lixo

Falésia 19
Cigarro 30
O que se diz e o que fica por dizer 34
O amor dos cães 38
Cristo 48
Café Colina 56
Caixotes 73
Responsabilidade 93

Parte 2: Debaixo da terra

Os retornados 119
Matadouro 135
Natal de 1975 e o que se seguiu 143
Árvore de carne 150
Vinho da Madeira 159
A minha mãe 167
Cátia 178

Parte 3: O passado acabou

Xeque-mate 191
1984 197
Uma caixa aberta 216
O Redentor 223

Agradecimentos a Helena Veiga e Cátia Martins

Nota sobre fruta feia:
Não há vidas melhores do que outras. As maçãs da mesma árvore crescem com diversas formas e tamanhos. Algumas crescem aleijadas. Os sabores da maçã mais bonita e o da maçã aleijada são iguais.

Som ambiente

Michael Kiwanuka, "Cold Little Heart"
Chet Baker, "Almost Blue"
Lou Reed, "Perfect Day"
Chico Buarque, "João e Maria"
Cartola, "Preciso me encontrar"
Rita Lee, "Ovelha negra"
Xutos & Pontapés, "Sementes do impossível"
Ney Matogrosso, "Balada do louco"
Tracy Chapman, "All That You Have Is Your Soul"
A Garota Não, "Dilúvio"
Três Tristes Tigres, "Anjinho da Guarda"
Antony & The Johnsons, "Hope There's Someone"
Roxy Music, "More than This"
David Lynch & Lykke Li, "I'm Waiting Here"

I.
Lixo, lixo, lixo

Falésia

O futuro não está escrito. Não venham ler-mo nas cartas ou na palma da mão. O futuro está em aberto até à sua revelação, cujo calendário desconheço. A surpresa é que nos catapulta para o passo seguinte. Um encontro inesperado, um acidente, uma história. Uma decisão muda o curso de uma vida inteira. Alquimia é isso.

Quando conheci a minha vizinha do lado a minha vida mudou. Claro que não podia sabê-lo quando veio ao meu encontro pedir ajuda, nem quando me perguntou se queria ouvir a sua história. Não sabia o que ia ouvir. Nunca sabemos. Senti-me empolgado com a expectativa que antecede a revelação de um mistério. O sol não tinha nascido. Um cão ouviu-se ladrar ao longe, na manhã fria. Ela sobressaltou-se ligeiramente, mas começou.

— Gostei de um homem há muito tempo. Mas morreu. Foi esse acontecimento que me empurrou para a Margem Sul. O vizinho tem mesmo a certeza de que quer ouvir a história?

— Claro.

— Meti na cabeça que o meu caso com esse homem não estaria encerrado enquanto ele não me dissesse tudo o que tinha evitado dizer. Delineei um plano para o encontrar a sós. Aluguei um carro. Todos os dias conduzia quarenta quilómetros para o vigiar, para lhe conhecer os hábitos e encontrar uma oportunidade de entrar em cena.

"Os assuntos pendurados nunca morrem. Comecei a segui--lo à distância. Queria dizer-lhe tudo o que ficara em suspenso no nosso amor antigo. Queria dizer-lhe que sabia que ele nunca tinha gostado de mim. Que percebia que a sua sensibilidade e delicadeza, desculpas de fracos, o obrigavam a não mo revelar. Para ele, o nosso relacionamento não tinha passado de uma euforia inconsequente e não tinha culpa de que eu não fosse capaz de aceitar o fim e deixar as coisas morrerem. Um cobarde. Tornou-se homem, teve filhos e os filhos modificam as pessoas. Ele deixou de ser o mesmo, mas eu continuei igual. Quem não tem filhos pode viver apenas para si. Fechado na sua concha. Eu podia compreender a sua pena por mim, mas não a aceitava. Não queria pena. Preferia raiva. Ele temia falar, porque as palavras magoam. Ele não tinha coragem para ouvir respostas, trocar argumentos. Sempre medroso e envergonhado. Encolhido, até. Sempre um por favor, um com licença, se não estou a incomodar. Evitava confrontos. Fugia-lhes. Eu precisava de lhe dizer que dispensava a sua pena, que preferia a verdade. Só a verdade cura. Era importante que ma dissesse, que ma atirasse à cara sem medo nem gentileza. Não gostava de mim. Não gosto de ti. Simples e rápido. Para mim era importante. Depois disso, ia-me embora e nunca mais pensaria nele. Iniciaria uma nova etapa de vida e deixá-lo-ia na arrecadação da memória, onde perdemos o sentido às pessoas e aos sentimentos.

"Ao longo dos dias em que o segui, passei a conhecê-lo de novo. Era um homem baixo, mas bem conservado. Não tinha engordado. Tratava bem de si. O cabelo, que sempre tinha sido claro, estava agora embranquecido, dando-lhe um ar digno de reformado de classe alta. A mulher, que de vez em quando o visitava no escritório de advocacia, onde ele passava a maior parte do dia, era igual às outras mulheres. Pequena e engraçada, com madeixas louras. As duas filhas iguais a todas as outras filhas. As pessoas da sua família não suscitavam em mim qualquer curiosidade. Só ele me interessava. Vigiei-o durante vinte e um dias, incluindo os dois em que fiquei com gripe e a febre não me deixou sair da cama. Mesmo em delírio, não deixei de o imaginar. Sonhava com ele. Via-o a telefonar ao meu pai pedindo ajuda para me escrever uma carta. Os sonhos são estúpidos.

"O meu pai não escrevia cartas. Perdemos-lhe o rasto desde que foi para França, nos anos 60, e só voltámos a vê-lo no dia do divórcio, depois do 25 de Abril. O seu advogado contactou a minha mãe. Ficámos a saber que se tinha juntado com uma francesa. Por lá constituiu nova família. Embora a minha mãe tivesse a morada dele e me obrigasse a escrever-lhe cartas que me ditava, nunca recebi o beneplácito da resposta. Eram as cartas que ela achava que uma filha deveria escrever a um pai e que em parte serviriam para o influenciar ou magoar. As duas coisas. Eu não sentia o que escrevia. Eram as cartas da minha mãe, embora eu as assinasse no final. Não me lembro do meu pai, a não ser para amaldiçoar o dia em que veio ao mundo, porque a minha mãe nunca parou de pensar nele e chorar. Ele não existe na minha vida. A minha mãe também já não. Dizem que é assim que se acaba sem abrigo.

"Isto foi em fevereiro. O mês corria gelado. Para não ser vista, eu passava muitas horas misturada na amálgama humana. Sou alta, mas sei camuflar-me. Quando o seguia, frequentemente ele se detinha e se voltava para trás, como se tivesse ouvido ruído e procurasse a origem. Sentia uma impressão, mas a sua cara estampava ignorância. A intuição é vigilante. Deixa um desassossego incompreensível. Um 'isto não está certo' aleatório que não se explica. Pode ser uma grande ajuda quando já se tem uma pista, mas quando estamos às escuras não passa de comichão, de uma voz muda. Ele olhava para trás sem saber o que procurava e seguia caminho, remoendo.

"Na terça-feira, ao final da tarde, fechou a porta do escritório mais cedo, meteu-se no carro, como fazia pelo menos duas tardes por semana, e arrancou. Corria um vento do norte. Tinha chovido. O dia gelava. Dirigi-me para a pequena viatura que tinha alugado quando delineei o plano para o perseguir. Estacionara-a a dois quarteirões do seu escritório e segui o seu rasto por nove quilómetros, sem o ter à vista, mas certa do local onde o iria encontrar. Todas as pessoas têm rotinas, mesmo que não o percebam. Repetem-se continuamente. Se lhes apresentassem um relatório diário compreenderiam que realizam sempre a mesma coreografia. Os mesmos gestos, os mesmos lugares durante anos seguidos, vidas inteiras. É muito fácil prever o que alguém fará, os sítios aonde irá e a que horas.

"Eu seguia-o há tempo suficiente para conseguir antecipar o seu comportamento. Se me pedissem que desenhasse em folhas de papel a sequência dos seus movimentos, poderia fazê-lo na véspera de ele os realizar. Poderia esboçar quadradinhos com bonecos como se faz no cinema. Personagem dentro de carro parado no cimo da arriba, de cabeça baixa, aparentemente a ler, vista de costas. Em fundo, falésia e oceano até se perder a vista. Personagem a abrir a porta do carro, bocejando. No plano seguinte, a câmara enquadra lateralmente e vê-se a personagem a aproximar-se da arriba levantando os braços e respirando com o peito cheio, voltada para o mar. Quadro seguinte: personagem olhando o horizonte, parada. Grande plano do rosto, frontal, como se houvesse um braço de grua do lado do mar, suspenso sobre o precipício. Atrás vê-se o carro com a porta aberta e mais atrás ainda o resto da encosta, coberta de mato vago e pedras de todos os tamanhos. O cenário é só mar, rocha e falésia.

"Tinha-o seguido dezenas de vezes. Deixava o meu carro longe e posicionava-me atrás das pedras, dos arbustos, escondida a uma distância segura. Aquele era o local indicado para falarmos sossegados, sem testemunhas. Raramente passava um carro. Por vezes havia namorados. Mas num dia útil no inverno ninguém ali parava. A solidão era absoluta. Poderíamos fazer amor e ninguém nos veria. Se ele tivesse coragem tê-lo-íamos feito com urgência. Mas não era esse o objetivo. Interpelá-lo, sim. Era ali que o iria interpelar. Ali não me podia fugir e evitar, como faria na cidade. Calculei que ele pudesse ter o impulso de voltar a entrar no carro e pôr-se em marcha, mas até lá eu teria tido tempo de dizer o que precisava de ser dito. Sei que nunca gostaste de mim e que escondes essa revelação para não me magoares. Magoa-me. Prefiro. Se não me magoares, não poderei recuperar. Magoa-me primeiro. Diz como quiseres, mas diz. Tenho de o ouvir saído da tua boca.

"Ele diria o que quer que fosse enquanto entrava para o carro irritadíssimo, farto de mim, maldizendo a vida que me colocara no seu caminho. Não me interessava o que ele pensasse ou dissesse. Aquilo não era sobre ele, mas sobre o que eu havia de ser depois. Era o que me movia. Escondi o carro longe, debaixo de árvores baixas, de tronco entortado pelo vento, que constituíam a única vegetação do lugar desolado. Desci a encosta até alcançar a arriba. Vi-o. Não desiludiu as minhas expectativas. Lá estava dentro do Ford cinzento virado para o mar. Fui-me aproximando devagar. O lugar era inóspito e desagradável. Com chuva o desconforto agravava-se. Sentia-me afastada do mundo. Como se não fosse humana. Um frio húmido cortava-me. Ele esteve uma hora a ler. Esperei atrás das pedras e da escassa vegetação escura. Ele pousou o livro no banco do lado e saiu do carro. Ouvia-se forte o barulho do mar. Embatia na rocha daquele abismo com grande estrondo. Metia respeito. Uma névoa subia do mar para terra, embaciando a paisagem. Eu não gosto do mar. É uma força selvagem impossível de amarrar. Mete medo. A pouco e pouco aproximei-me dele, pelas costas. Não me sentiu. Quando eu estava a menos de dez metros disse o seu nome. Não escutou. Gritei. Voltou-se espantado. Contemplou-me com surpresa e desagrado misturados.

A minha presença enojava-o. Percebi-o no seu rosto. Senti-me desolada. Como é que podiam ter nojo de mim?

"'Não!', exclamou. 'Tu andas atrás de mim? Não me venhas chatear de novo, por amor de Deus! Não te fartaste, ainda? És tarada. Devias ser internada.'

"Que palavras tão feias! Senti-me triste, mas não reagi. Não interessava. É curioso que durante todo o tempo em que o segui nunca tivesse antecipado o que diria quando o confrontasse. Pensei na minha necessidade de falar e não na sua indisponibilidade para ouvir. Mas as pessoas imaginam os outros à luz do que elas próprias sentem e pensam.

"'Preciso de te perguntar uma coisa', respondi. 'É só isso. É rápido.'

"'Não precisas de perguntar nada. Precisas de me deixar em paz e de te tratares. Não temos nada a dizer. Eu não tenho nada a dizer. Quanto tempo vais remoer o que se passou há quarenta anos? Está enterrado.'

"Não me interessavam as suas palavras. Eu ia dizer ao que vinha. Aproximei-me dele devagar, escolhendo o chão que pisava, para não correr o risco de resvalar. Estava coberto de pedras, algumas soltas. O lugar era desconsolado, como são todas as falésias. Encontrávamo-nos demasiado perto do abismo, dois metros adiante. Aquilo perturbava-me. Não tinha planos para me matar. Nunca fui suicida. Ele falava com exaltação. Pensei numa resposta que o acalmasse, mas tudo me pareceu inútil. Ia dizer-lhe que devíamos afastar-nos da falésia para conversar em segurança. Antes, fitei-o em silêncio alguns segundos e reparei no botão de cima do seu casaco, junto ao pescoço, desapertado. Instintivamente, estiquei os braços na sua direção, para o agasalhar, enquanto dizia, 'está aqui muito vento, vamos mais para trás'. Ele recuou, bateu com o tacão do sapato numa pedra, desequilibrou-se e caiu. Que perigo! Tínhamos mesmo de sair dali. Ele conseguiu levantar-se.

Deu um primeiro passo no sentido do carro, mas um seixo rolou por debaixo dos seus pés e fê-lo cair de novo. O seu corpo tocou o chão. Resvalou um pouco. Virou-se instintivamente para avaliar a distância a que tinha ficado do vazio. Uma rajada de vento forte sacudiu-nos e levou o meu cachecol. Fechei os olhos por dois segundos. Quando os abri, vi-o tombar no vazio.

"Não ouvi o corpo cair. Não espreitei, paralisada de medo. Fiquei imóvel, em choque. Voltei-me e saí dali devagar enquanto varria as redondezas com o olhar. Estaria alguém a ver-nos? Ninguém. Não havia postos de iluminação. Nada de câmaras. Pegadas? As características do chão eliminavam a sua existência. Era demasiado seco, varrido pelo vento e coberto de seixos. O carro continuava de porta aberta, com o livro espalmado sobre o assento do passageiro. O rádio estava ligado. Ouvi o sinal horário das dezessete horas. Afastei-me do lugar no mesmo passo lento, mas firme, sem tocar em nada. Voltei a subir a encosta em direção ao meu carro.

"Abri a porta, atirei-me para o assento, liguei a ignição e arranquei. Parei na minha rua. Não me lembro do caminho. Não me lembro do que pensei. Queria sair dali. Quando cheguei, desliguei o motor, travei, tirei os pés dos pedais e as mãos do volante, respirei e fiquei colada à cadeira a rever mentalmente o que tinha acontecido. Eu tinha-o matado? Não. Eu só tinha ido ao seu encontro. Ele tinha-se enervado e perdido o equilíbrio. Eu não tinha feito nada. Tinha tentado agasalhá-lo. Foi a sua raiva e desorientação que o perderam. Eu não era culpada. Não tinha de me sentir mal. Quis apenas falar com ele. Ele caiu. Não havia câmaras, mas mesmo que existissem não teriam filmado nada a não ser a verdade. Eu tinha tentado tocar-lhe para lhe apertar um botão. Certo? Mas se não tinha culpa, por que fugi e não procurei ajuda? Por que não chamei os bombeiros ou o Inem? Porque estava em choque. Certo? Depreendi que ele tinha morrido e não confirmei, não procurei o seu corpo.

Nem conseguiria fazê-lo. Tenho vertigens, nunca me aproximaria da falésia. Então, por que tinha ficado num estado de alerta e procurado sinais de testemunhas? Alguma culpa eu deveria ter. Mas não o empurrara, embora fosse bastante fácil e tivesse sonhado matá-lo milhares de vezes. No passado. Mas isso estava ultrapassado. Não tinha sido a minha intenção. Queria apenas falar-lhe, ouvi-lo falar e esquecê-lo. Continuei sentada no carro com estes pensamentos. Depois abri a porta e saí. Caminhei em direção a casa, entrei, despi-me, tomei banho e meti-me na cama. Sentia-me desfeita.

"No dia seguinte fui entregar o carro, procurei outra casa para arrendar, telefonei para vir ver o apartamento ao lado do seu e fiquei com ele. Era grande, bom para os meus tarecos. Telefonei ao senhorio anterior informando que ia mudar-me com urgência, perdendo a caução, e contratei uma empresa de mudanças. Em pouco mais de quarenta e oito horas instalei-me aqui. Foi assim que me tornei sua vizinha. Não lhe tinha contado esta história, mas gostava que soubesse."

* * *

Escutei-a atento.

Levei a mão à boca no momento da queda do homem.

Ela tinha razão em me ter avisado. Eu gostava de uma boa história, mas esta era forte.

Ficámos em silêncio. Disse-lhe:

— Essa história não acabou, imagino.

— Esta história nunca acabará — exclamou ela.

— Quero dizer: não me contou a história toda. Ele morreu?

— Morreu. No dia seguinte, à tarde, o corpo foi avistado por um barco de pescadores. Chamaram os bombeiros e veio socorro aéreo. Resgataram o corpo sem vida. O vídeo está na internet, no site do *Correio da Manhã*. Tenho os recortes do jornal, se quiser ler. Pensaram que tivesse sido suicídio.

A PJ chegou a investigar a possibilidade de homicídio, mas não avançaram.
— Nunca vieram no seu encalce? Nunca lhe fizeram perguntas?
— Nada.
— Ainda pensa muito no assunto?
— Nem por isso. Só quando aparecem notícias sobre pessoas que caem ao mar. Nessas alturas revejo tudo mentalmente e não consigo adormecer. Mas passa.
— Você não é culpada por ele ter resvalado e caído.
— Eu sei. Mas se ele voltasse e lhe perguntássemos de quem é a culpa, a quem pensa que a atribuiria?
— Enfim, é verdade que a vizinha perseguiu o desgraçado. Mas ele poderia ter caído da falésia mesmo que você lá não tivesse estado. Poderia ter escorregado por outro motivo, de outra forma. Nunca saberemos. Podia morrer de velho no sofá do lar de terceira idade. Ou de cancro. Mas nesse dia caiu porque fugia de si. A morte dele não era sua intenção. Você não é objetivamente culpada.
— Eu sei que não.
— O que é que a vizinha queria mesmo dizer a esse homem? Como é que pensou que fosse possível ele estar disponível para a ouvir tantos anos depois?
Ela olhou para mim duramente e exclamou:
— Esse homem roubou a minha juventude. Esperei décadas por ele até que a esperança se tornasse ridícula, mesmo para mim. Envelheci pensando nele. Destruiu os melhores anos da minha vida. Matou-me, compreende? Acha que estou viva? Estou morta-viva. Foi uma grande maldade, compreende? E mais cedo ou mais tarde tudo se paga. Tudo tem de se pagar.
Levantou-se do muro sobre o qual nos tínhamos sentado para conversar, dirigiu-se para a entrada do prédio e meteu-se em casa. Passava pouco das sete da manhã.

* * *

Entrei no prédio depois dela. Larguei os sacos no corredor, deixei os cães em casa e fui ao café com o propósito de arejar e de me libertar da carga do que ouvira. Precisava de pensar noutra coisa. De falar com alguém. De comprar pão. De ver os madrugadores bebendo a bica apressada antes de apanhar o autocarro. As vozes habituais. O que ela tinha acabado de me contar era violento.

Deixara-me desarrumado por dentro. Inquieto. Parecia um drama policial. Não faltava nada.

Um homem tinha morrido. Ninguém conhecia o contexto dessa morte. Só ela e, agora, eu. Sentia necessidade de me alhear do que tinha ouvido para conseguir voltar a encaixar-me na minha rotina. A história que acabara de ouvir reforçava a irrealidade das primeiras horas do dia.

Encostei-me ao balcão. Pedi um café cheio. O volume da televisão estava como sempre demasiado alto. Ouviam-se as primeiras notícias da manhã. Era o último dia do ano. Passavam uma retrospetiva de 2018 em Portugal e no mundo. Quem tinha falecido e nascido. Tempestades, vulcões e sismos. Situação política. Dava-se destaque ao Brasil. A vereadora Marielle Franco fora assassinada no Rio de Janeiro em março. Poucas semanas depois o presidente Lula tinha sido preso em Curitiba, acusado de corrupção e lavagem de dinheiro. Golpe atrás de golpe. Tudo concertado. O Brasil era perfeito? Sim e não. O Brasil parecia um grande mundo ainda a fazer-se. Como qualquer outra ex-colónia. Jair Bolsonaro tinha sido eleito presidente, fragmentando a sociedade brasileira e dividindo famílias. Jair Bolsonaro não era corrupto como Lula. Jair Bolsonaro não lavava dinheiro como Lula. Era um homem de bem que ia tirar o país do caos e da desordem. Liquidar as máfias, o crime organizado. Mas, ao eleger Bolsonaro, o Brasil tinha acabado de se incendiar. Passava a ser presidido por uma subespécie de jagunço legalmente eleito. Tinha mesmo acontecido. Estava feito. O que sobraria do Brasil após a queimada infértil? Para não passarmos a ser governados por jagunços é preciso estar atentos, estar alerta. E o povo não está. Escolhemos líderes sob o efeito de promessas falsas, vezes sem conta, sem aprender a experiência. Aldrabices em que queremos acreditar, porque precisamos de esperança. A política sempre foi o jogo sujo da falsa esperança. A manipulação dos medos e anseios. O jogo grande do mundo joga-se todos os dias, tal como o pequeno jogo das nossas vidas. O jogo do Brasil soma-se ao de Portugal e o de Portugal ao da Europa. A Europa joga com a América, que por sua vez joga com a China e com o resto das nações. Os jogos jogados em cada casa têm efeito global. Portanto, o jogo que tinham escolhido jogar no Brasil começava nas casas de cada brasileiro, passava para o prédio, depois para a rua, bairro, cidade e não parava de ser jogado a vários níveis, mundo fora, globalmente, em efeito dominó, até bater de novo à porta do cidadão de onde havia partido e se refletir na quantidade de arroz guardado na sua despensa. A pergunta que agora se colocava era o que seria o futuro. Os brasileiros suportariam o jagunço? Aprenderiam a lição? Quantos dias e noites é preciso viver encurralado para se aprender a fugir?

    Pousei a chávena no pires. Olhei para fora. Começara a cair uma chuva miúda. Convinha ir andando. Deixei as moedas no balcão e encaminhei-me para casa pensativo e triste sem perceber porquê. Pela minha vizinha ou pelo Brasil? Por ambos, talvez. A ida ao café tinha agravado o meu sentimento de inquietação. Umas horas de sono, no calor e conforto da minha cama, rodeado pelos cães lavariam a estranheza que sentia. Dormir, sim, dormir para curar.

Cigarro

Vivo na Margem Sul, lugar onde passei a infância. Antigamente, tudo isto eram hortas, campo de pasto. Havia ovelhas no baldio a caminho da escola. Era cidade, mas meio campo. Agora o campo quase desapareceu.

A minha atividade é andar ao lixo. Dá perfeitamente para me manter. As pessoas deitam tudo fora. Tenho muito por onde escolher. Vivo com pouco. Tenho hábitos frugais. Há quem precise de sinais exteriores de riqueza: casas de luxo, carros, roupas. Eu não. Preciso de umas botas para o inverno e de um par de sapatos leves para o verão.

Costumo dar a minha volta aos contentores entre as duas e as cinco da manhã, o mais tardar. Não uso relógio. Toda a cidade é um relógio. Quando se acendem as primeiras luzes nos apartamentos sei que a engrenagem voltou a funcionar. É a minha hora de recolher. Esfrego as mãos uma na outra, aquecendo-as, equilibro o peso pelos sacos cheios de bagatelas e regresso a casa seguido pelos meus cães.

Gosto da noite. O silêncio lava a vida. Renova-a. No ar limpo da madrugada tudo se escuta. A magia que se iniciou ao pôr do sol só terminará com a aurora. Aproveito bem esses momentos. Respiro: sinto a respiração. O ar enche-me os pulmões. O frio gela-me o rosto. A humidade pica-me os ossos: o metatarso que parti em criança acusa uma dor nos dias mais frios.

Ouço o barulho dos micro-ondas a terminar de aquecer o leite nas casas de rés do chão. *Tlim*.

Estou vivo. O meu corpo inteiro.

Vejo os funcionários abrirem as portas dos prédios. Escuto-as bater a seguir, após o efeito retardador do êmbolo. Inspiram fundo o ar gelado e adaptam os corpos à temperatura exterior. Segue-se o ruído metálico dos motores dos carros que custam a pegar sob a fina geada. Os carros daqueles que os têm.

Escuto os passos que ecoam a caminho das paragens, sempre apressados. Saem do útero materno todos os dias de manhã, casulo ao qual regressam no final da jornada para recuperar e continuar a viagem. Não há tempo para pensar. O horário dos transportes. O metro está a chegar. Têm de correr. Um esforçozinho para dar sentido à vida.

Todas as manhãs se repetem os andamentos desta sinfonia. Cada hora do dia tem o seu ritmo, que vai atravessando todas as regiões do planeta, conforme o sol vai nascendo.

Ao chegar à porta do meu prédio com os sacos, costumava olhar para a janela da minha vizinha do lado, no rés do chão. Procurava o vulto que costumava espiar-me. Mudara-se um ano antes. A empresa de mudanças descarregou muitas caixas e vi-a dar ordens secas aos homens.

"Cuidado que é frágil."

"O cliente não paga para estarem a descansar entre cada caixa."

Pensei que devia ter muitos bibelôs caros e preciosos. Era uma mulher com o rosto duro e distante, muito afastada da simpatia. Olhos que não fixava em ninguém. Passo largo e rápido, ligeiramente paquidérmico. Não era feia. Tinha uma cara de adolescente. Prendia a franja nas têmporas com ganchos. Vestia-se como uma freira que não usa hábito. Saias cinzentas ou castanhas dez centímetros abaixo do joelho. Pulôveres da mesma cor, com decote em V. Uma blusa branca ou pérola por baixo. Sapatos luva em preto, de tacão raso. Casaco cinzento sem gola, de fazenda de qualidade que já levava muitos invernos. Pouco aparecia. Não dizia bom-dia nem boa-tarde. Perguntava o preço nas lojas, pagava, ia-se embora. Todos falavam dela pelas costas. Uma ave rara no bairro. Uma mulher misteriosa. Claro que suscitava curiosidade. Era impossível evitar. Os homens do café puseram-lhe a alcunha de Matadora, porque parecia uma personagem dos filmes policiais. As mulheres mais velhas acrescentaram que tinha má raça. Mas as mulheres são más umas com as outras, de uma maldade milenar, rasteira e gratuita.

Percebia o seu vulto na janela através da renda das cortinas. Que interesse tinha eu para ela? Comecei a deixar-me ficar no passeio, em frente ao prédio, para ela me ver bem. Oferecia-lhe cinco minutos de espetáculo. Sabia que estava a ser visto e não desgostava. Fazia o meu teatro.

Também eu a espreitava no café. Via-a em pé ao balcão, bebendo a bica à mesma hora que eu. Bebemos o café à hora a que os outros almoçam. Ela fixava os olhos nas garrafas de bebidas alcoólicas expostas nas prateleiras atrás do balcão. São as mesmas há décadas. Parecem ter perdido o teor alcoólico. Servem para segurar cascatas de raspadinhas de várias cores e preços. Quando a máquina de eletrocutar insetos apanhava um mosquito e zumbia, ela não se voltava. Ninguém se voltava. Os homens falavam alto. As poucas mulheres procuravam as mesas perto da porta. Sentia curiosidade sobre ela tal como todos os outros, mas não metia conversa. Tinha medo. Na cidade ninguém se mete na vida de ninguém. Mais a mais as pessoas não são de fiar. Para quê conhecer mais gente? Mais tarde ou mais cedo abandonam-nos, roubam-nos o que antes nos ofereceram, atiram-nos à cara o que julgámos não ter importância. Alguém que nos amou nos quererá ver pelas costas. As pessoas vão-se embora e esquecem-nos para sempre. Ou seremos nós a fazê-lo. Quanto tempo é que cada um permanece na vida de outro? Quem é que tem coragem para jogar este jogo inocentemente, com a minha idade? O vício do jogo é muito perigoso.

Mas, apesar de tudo, ao chegar ao prédio carregado com os sacos, pousava-os no chão, sacudia as mangas do casaco e não recusava o breve espetáculo à minha vizinha. Baixava-me e apertava os atacadores. Coçava o cachaço e o lombo dos cães. Fazia-o devagar. Por fim erguia-me, encostava-me à parede e fumava um cigarro. O único do dia.

Eu não gosto de tabaco. Tem um sabor áspero e encorpado. Só fumo para me integrar no cenário. Para me tornar invisível no meio dos outros. Ou aceitável. Enfim, o cigarro normaliza. Acendia-o, segurava-o entre os dedos e simulava sorver o fumo que não engolia. Nesses minutos ela podia imaginar sobre mim o que quisesse. Eu gostava do papel que me obrigava a desempenhar. Divertia-me. A minha vida era sempre igual.

Depois apagava o cigarro, entrava em casa e fechava a porta.

Mas tudo isto aconteceu antes de a minha vizinha ter ficado doente. A sua doença mudou tudo.

O que se diz e o que fica por dizer

Num dos dias em que a febre e eu acompanhámos a minha vizinha, perguntei-lhe o que tinha ela pensado sobre mim antes de nos conhecermos. Como me tinha julgado. Porque nós julgamos toda a gente pela aparência. Quando lho perguntei já a conversa ia adiantada e não posso dizer que fôssemos totalmente desconhecidos.

— O que eu pensava era, "lá vem o homem do lixo com os sacos e os cães". — Direta. Honesta. Já o tinha percebido. Mas honesta, caramba! Ficámos calados, com as nossas cabeças a fervilhar com toda a informação que ficou por dizer.

Claro que ela não me revelara toda a construção que tinha povoado a sua mente. Pensamentos como: "Vens pouco carregado, hoje, meu caro. A volta aos caixotes rendeu-te pouco! Azar. Uns dias melhores que outros. As coisas nem sempre nos correm como queremos".

Não me disse outras coisas que eu agora sabia: "Eu também ando ao lixo. Doutra maneira. À luz do dia. Fotografo os objetos que não te interessam: velhos frigoríficos ainda com os autocolantes e ímanes agarrados às portas abertas, ferrugentas e descaídas. Sofás esventrados. Gavetas rachadas. Bonecos que ninguém quer. Fotografo o nascer do sol. A primeira luz da manhã. Dizem que é igual ao pôr do sol. Nem pensar. O pôr do sol é uma brasa que começa a arrefecer, o nascer do sol é o inverso. A quantidade de luz e a variedade da cor é distinta. As minhas fotografias são preciosas, percebes? Claro que não.

Um dia, quando alguém precisar de fazer história poderá socorrer-se delas. As ruas da Margem Sul eram assim, estão a ver? Com gente. Sem gente. As praias da Margem Sul no inverno. As dunas varridas de vento, despenteadas. Alguém conhece a praia feia? Pois, olhem, é como veem nestas fotos. Foi assim. As rotundas. Os passeios repletos de carros estacionados. As paredes grafitadas com murais cujas figuras se desvanecem com os invernos e têm de ser renovadas de tantos em tantos anos. A sujidade. Muita. Por todo o lado. As pessoas sujam só por estarem vivas. Vejam as minhas fotos, caros senhoritos porcos. Gostarias de ver as minhas fotografias, meu caro? Claro que não. Não deves passar de mais um ignorante com razoável aspeto. Julgas que não conheço a homenzada?".

Não me disse: "Fotografo às escondidas. Se fotografasse lixo às claras chamavam-me maluca. Convém não dar a ninguém provas que justifiquem mandarem internar-me. Metiam-me num lar, sentada ao lado de velhos verdadeiros a ver os programas televisivos da manhã e depois os da tarde. Receitas de culinária feitas em direto. Histórias de doenças, de incapacitamentos, desgraças, casamentos longos, heróis que salvam e respetivos salvados. Mais as músicas baratas e os apresentadores sorridentes a fazerem de conta que não têm problemas conjugais nem caspa nem diarreia. Eu a comer às horas certas com os outros velhinhos e as suas dentaduras. A comidinha saudável da diabetes e do colesterol. Um bifinho a sério era vê-lo por um canudo! Dormir quando é suposto. Tomar os medicamentos a horas certas. Viver numa prisão de cadeira de rodas de onde já não se consegue fugir, mesmo que se queira. Na, na, na".

O que me disse foi:

— Para dizer a verdade, eu percebo o seu fascínio pelo lixo. Ninguém quer ver o desperdício, o velho, o gasto. Mas as coisas querem mostrar-se. Estão por todo o lado. O lixo traz restos de vida agarrados. Escolhas que se fizeram. Eu sei disso.

As manchas de uso, os sulcos dos monos que saem dos apartamentos estão cheios de história. Entendo-o.

— É verdade, vizinha.

— A mim não me interessa recuperar nem ir vender para a feira, como você faz. Não estou cá para isso. Não suportaria a vergonha. Você tem coragem para aguentar os olhares do bairro. Não se importa com o que pensam de si. Como o que agora lhe confessei ter pensado. Você tem força. Só por isso tiro-lhe o chapéu.

Não me disse: "Não sabes que te espreitava. Tinha de o fazer dessa forma, porque quando as pessoas sabem que estão a ser vistas não são elas mesmas. Sou rata velha, meu caro. Tinhas de comer muita papa de aveia para me chegares aos calcanhares".

Não me disse: "O teu mal é essa canzoada. Detesto cães. Ladram. Mordem. Nunca teria um. Nem gatos. Os bichos são montes de pelo sujo, recipientes de saliva e origem dos mais nefastos cheiros. Não servem para nada. Dão trabalho. Enfim, podem comer-se. É uma questão de cultura. A ver se na China não comem uns belos chop-sueyzinhos de cão! Se eu estivesse com fome, por que não?".

Não disse que me tirava fotos às escondidas. Que me enquadrava por dentro das cortinas, focava e pressionava o disparador da máquina. Registado. Homem agachado fazendo festas na cabeça de dois cães de porte médio, um branco, outro preto. Fotos noturnas. Ainda não havia luz a não ser a dos candeeiros da rua. Provavelmente interessou-lhe o meu gesto, mais do que a estética. Instintivamente só carregava no obliterador quando sentia que era o momento. Os fotógrafos são assim. Quando sentem: *clic*.

Não me disse que quando eu me metia para dentro, ela pousava a máquina na mesa da sala e verificava quantas fotos ainda tinha o rolo da velha Rolleiflex. Sentava-se na cadeira junto à janela. Estava tudo igual na semana em que chocou gripe e eu lhe fiz companhia. O chão forrado de caixotes de cartão de diversos tamanhos e formatos, entre os quais existia um trilho de poucas dezenas de centímetros, por onde caminhava. Não era um lugar confortável. Não podia esticar as pernas. Para além dos caixotes, a casa da vizinha estava atulhada de jornais, livros, monitores de televisão, computadores avariados e aparelhagens de som que carregara da rua não sabia quando. Era o seu tesouro. Afinal andara mesmo ao lixo. Havia algo na sua história que não me tinha contado. Não me enganara. Mas eu podia entender. Quem, no seu juízo, consegue resistir ao que o cidadão comum desperdiça?

Nunca ninguém tinha entrado na casa da minha vizinha. Só eu. Ninguém sabia daquilo nem precisava de saber. Comigo ela estava segura. Mas ninguém dissesse que já não existiam monitores de computador em forma de televisão antiga. Em casa da minha vizinha havia muitos. Todos guardados para quando um dia fossem precisos. Podia haver um apocalipse. Ia haver, de certeza. Nesse dia, alguém lhe daria muito dinheiro para os conseguir inteiros ou em peças. Seria a lei da selva, mas ela não morreria. Tinha ali o tesouro guardado. Eu apostava que fantasiava com o momento futuro em que todos os sistemas falhariam e a informação desapareceria da nuvem. Não haveria nuvem. Precisam de novo da tecnologia retrógrada? Ali estava ela. A vizinha tinha. Correriam à sua porta pós-apocalíptica. Venderia por bom dinheiro. Com ele poderia comprar víveres e sobreviver mesmo que tivessem explodido três bombas nucleares. Ela havia de safar-se como fez toda a vida.

Nada disto ela me disse. Digo-o eu. Vi o seu pensamento.

O amor dos cães

Permito-me voltar ainda mais atrás, a esses dias em que eu e a vizinha ainda não nos conhecíamos e ela me tirava fotos às escondidas.

A certa altura olhava na direção da sua janela, como se não soubesse que estava a ser visto, apagava o cigarro, entrava no prédio, depois em casa e fechava a porta. Os cães iam beber na tigela da cozinha. Enchia uma caneca com café. Deixava-o já feito na garrafa térmica. Sentava-me no banco de fórmica com os sacos à volta. Iniciava a seleção criteriosa do material recolhido no lixo, separando o que queria para mim do que podia vender na feira. Só recolhia objetos que deixavam no chão, ao redor dos contentores.

Há muitos recoletores como eu. Todos procuram alguma coisa em particular. Cabos ou peças de eletrodomésticos. Mobiliário. Latas. Plástico. Vidro. O lixo é um bom negócio. A matéria-prima foi abandonada, está livre de direitos. Gratuita. Há peças rejeitadas sem terem sido usadas, ainda na embalagem original. O lixo de hoje é diferente do de antigamente. Quando eu era pequeno o lixo eram só vísceras e espinhas misturadas com talos de legumes e caroços de fruta. Papel de embrulhar a carne e o peixe. Até as rolhas se reaproveitavam.

Agora, o lixo transformou-se em despojos de consumo excessivo. Deitam-se fora objetos intactos. Compram-se sem serem precisos. Depois, não os querem mais e ficam a ocupar espaço nas gavetas. Destino: lixo. A vida dos objetos deixou de ser longa. Muitos nem vida chegam a ter. São transferidos da prateleira da loja para o lixo. Ficava a olhar para tudo o que deitavam fora e a meditar naquilo. Depois comecei a recolher, a reutilizar, a dar-lhes um fim. Como sempre fez a minha avó. Nada se deitava fora. Guardavam-se restos de cordel, de fio, de metal, de madeira, retalhos de pano que serviriam para alguma coisa, mais tarde. Tudo teria utilidade. Não precisava de ser de imediato. Mais tarde. As coisas sabiam esperar. Um dia seriam necessárias e estariam ali disponíveis, mesmo que tivessem esperado vinte anos. O tempo não era rápido. Era intemporal.

Sou capaz de encontrar soluções para reaproveitar tudo. Vejo nas coisas o que são, mas também o que poderão vir a ser, limpas, viradas do avesso, acrescentadas. Ressuscito objetos. Não me custa nada.

Às terças e sábados punha-me bem cedo a caminho da Feira da Ladra, com uma seleção de livros, discos, CDs, DVDs, caixas de madeira e madrepérola, naperões, malas, bibelôs, molduras e velharias. Tudo o que recolhia nos caixotes ou me era dado pelos vizinhos sobrevivia, mantendo a graça, a beleza, a utilidade. Nas minhas voltas durante a madrugada carregava um alicate e uma chave de parafusos. Nunca se sabia o que ia aparecer. Muitas vezes era preciso desapertar puxadores antigos em móveis deitados fora. Ou desatarraxar uma peça grande que poderia ser mais facilmente transportada toda desmontada. Tudo o que seja antigo tem um certo valor. A beleza sobrevive a tudo. Um caco pode ter beleza. Tem serventia, garanto. Tem a sua história. Traz agarrado a si aquilo que tocou e serviu. Eu vejo a vida dos objetos. Não sei se as histórias de crianças nas quais os bonecos dialogam uns com os outros serão falsas. Mas os bonecos têm uma vida, tenho a certeza. Quero ter.

Tinha clientes fixos que viam nos objetos o mesmo que eu. Há beleza num caco de louça com uma flor pintada. No início pensava que mais ninguém via o mesmo que os meus olhos viam. Levava-os para a feira como amuletos, como coisa minha. Um dia perguntaram-me o preço. Não estavam para venda. Insistiram. Compraram-mos. Provavelmente guardam-nos em coleções que só eles podem entender. Como eu. Os herdeiros hão de atirar tudo para o lixo. De novo. Eu sempre pensei que a beleza fosse universal, mas agora considero que para se conseguir reconhecê-la temos de aprender a contemplar. A beleza pode ser feia. Há uma harmonia de cor, forma e diferença que se reconhece. Uma faísca de criação. A beleza está aí. Para a reconhecermos convém ter passado por essa revelação cedo na vida. Ajuda muito. São coisas que penso mas que não digo a ninguém.

O processo de seleção levava-me cerca de uma hora, dependendo dos dias. Havia dias de muito e dias de pouco trabalho. As mudanças de estação, os dias de celebração, Natais, Páscoas e os finais de mês rendiam bom espólio. Colocava tudo o que era aproveitável sobre o tanque. Tudo era limpo, lavado, escovado e encerado. Usava detergentes, sabão, lixívia, vinagre, diluente, óleos e petróleo. Depois de limpar as peças, etiquetava-as com o preço e organizava-as por categorias. No anexo do quintal tinha as prateleiras da cerâmica, do cristal, do vidro, dos livros de poesia, dos manuais escolares e por aí fora. Todas as segundas e sextas-feiras fazia a seleção das peças que queria levar para a Feira da Ladra. Tinha o meu marketing pensado. Fazia bancas temáticas. O dia dos verdes ou dos azuis. O dia do outono, expondo mercadoria com as cores da estação. Chamava a atenção dos clientes. As pessoas gostam de fantasia. Vendia mais. Para além do meu trabalho como recoletor e vendedor lia, solucionava palavras cruzadas dos jornais, ouvia música e via filmes que trazia do lixo. Tinha um reprodutor de DVDs e um televisor que também de lá tinham vindo. Sempre fiz aquilo de que gostava. Que posso desejar mais?

Com essa atividade, adicionava uma centena de euros ao rendimento social de inserção com que o Estado me abona mensalmente e ao vale de mesada que a minha avó me enviava. Os meus gastos são mínimos. Como pouco e barato. Fruta, legumes e sopa de couves. Arroz e feijão. Batatas e grão. Massa e azeitonas. Amêndoas, nozes e mel. Vinho, água e pão. Chá e café. É possível viver com quase nada se mantivermos consumos moderados: comida e roupa apenas o necessário. Cultura que o Estado disponibiliza gratuitamente. Pago as contas no prazo: a luz, o gás, a água. Contas pequenas.

Todas as manhãs, quando terminava a escolha dos objetos recolhidos, lavava a cara e as mãos e ia dormir. O movimento lá fora começava a intensificar-se. Não gosto das manhãs. A luz branca e húmida incomoda-me. A ebulição dessas horas enerva-me.

Após estas tarefas, os cães dormiam comigo a sua soneca. Ressonavam. Espalhavam-se pelo chão, dormiam onde lhes apetecia. A sua companhia e calor confortava-me e adormentava-me. A sua respiração sossegava o meu íntimo.

O amor dos cães é calmo e silencioso. Eles confiam em mim e eu neles. Quando está frio dormem na minha cama. Vamo-nos movendo ao longo do sono, ajustando-nos. Eu volto-me, eles voltam-se, procuram um outro canto. Dormimos enroscados como na matilha. Parece que escavamos um buraco fundo na terra e estamos lá dentro uns em cima dos outros, aproveitando o calor que geramos. O meu cheiro humano é ácido e acre. O dos cães é algodão-doce castanho. Uma nuvem sem arestas. Cada cão tem o seu cheiro baço, como um cobertor de terra. Juntos somos uma rede de elementos naturais que não começa nem acaba: carne ligada a madeira, ligada a carvão, a cabelo, a pelo, a pedra, a chão que incendeia o ar. Para os cães não existe aparência. Eu não sou o homem que vai ao lixo. Sou aquele que nasceu. Aquele que é, que está. É o que tenho procurado ser: o homem que nasci. Não quis ser um grande cientista nem um grande compositor ou intérprete nem o melhor cozinheiro das estrelas Michelin. Só quis que me deixassem viver cumprindo os meus percursos e horários. Tal como os cães, quero comer, dormir e correr. Não me ponham coleira nem trela. Quero andar à solta. Deve ser bom correr farejando bichos, soltando saliva, escavando com as patas a terra onde se mijou, arfando de tal forma que parecem sorrir. Furar o mato, saltar silvas e regressar a casa esgotado para saciar a sede e a fome e dormir sem peso. Quando os cães correm, não correm, voam.

Nossa Senhora e Revoltado são os nomes privados dos meus cães. O Revoltado está velho. Quer sopas e descanso. A Nossa Senhora é fugidia. Doce, mas medrosa como uma corça esquiva. Cada cão tem o seu caráter. Como nós. Nos documentos oficiais de identificação constam como Revo e Nossa. Saber viver implica camuflagem. A minha mãe dizia que um nome deve ser discreto. Não pode chamar a atenção, ter significado. Revo e Nossa são designações que as pessoas suportam sem ofensa nem troça, embora suficientemente estranhas para que me perguntassem, no café, "Onde é que se inspirou?". Inventava livremente. Atribuía-lhes os nomes de personagens que pertencem a livros que li ou às histórias de quadradinhos. As pessoas não se lembram nem vão confirmar! Passaram muitos anos. Ficou apenas uma vaga memória.

— Que livros? — perguntavam. — Eu também lia livros aos quadradinhos! — acrescentavam, quando queriam conversa.

— Uns que vinham do Brasil. O Mandrake, lembra-se? Era mágico e tinha no jardim uma planta hipnótica que se chamava nossa-nossa. Uma planta exótica. Mister Revo era o nome de um grandalhão que secundava o super-herói.

Mentira. O grandalhão existe, mas chama-se Lothar. Veio de África. É o príncipe negro que viaja para o Ocidente para ajudar Mandrake a combater o mal, transformando árvores em pombas ou em flores. Quanto às plantas, não me recordo das que existiam no jardim de Xanadu, mansão onde Mandrake e restantes personagens viviam resguardadas do mundo, mas tenho memória de um espaço natural luxuriante, repleto de espécies exóticas. Inventei uma nossa-nossa. Inventar é fácil. Não custa nada. Algumas pessoas conseguem lembrar-se das mentiras que acabo de produzir.

— Ah, pois era, o Mandrake! Como é que você ainda se lembra disso! Ah, o Mandrake, com a capa e o chapéu! E o matulão africano, pois era! O jardim secreto. É verdade. Se não me falasse disso, agora, nunca mais me lembraria.

Ficam a recordar a infância e a juventude, tempo eterno, tempo do tudo, desfiando histórias sobre os primos, os vizinhos, os irmãos, os pais. Uma festa de memória cujo início lhes ofereço. Um tempo que parece certo, perfeito, mesmo que não tenha sido.

Tornei-me bom nisso. Nem são bem mentiras. São bengalas que ajudam as pessoas a caminhar sem se magoarem.

Sei que a minha forma de vida desapontou a minha avó. Paciência. É comigo que tenho de viver. Sou eu que tenho de não me desapontar.

— Queres ser o quê? — perguntava-me a minha avó quando eu era miúdo.

— Nada. É preciso ser alguma coisa?

— Tens de ter uma profissão, filho. Tens de ganhar a vida.

— Quero cuidar de animais.

— Mas queres ser veterinário?

— Não. Quero só cuidar de animais.

— Então queres ser tratador. Deve haver algum curso para isso.

— Também gosto da natureza.

— Queres ser engenheiro agrónomo?

— Não.
— Silvicultor?
— O que é isso?
— Não penses que vais ser pastor!
— Por que não?
— É uma profissão que não dá nada. É só para quem não estudou. Queres estar o dia inteiro com o gado no campo, chova ou faça sol?
— Quero.

A minha avó olhava para o céu com as mãos em posição de oração e clamava por ajuda ao Santo Padre Cruz.

Queria tratar de animais. Não precisavam de me pagar. Ganhar a vida? Eu já a tinha ganho. Estava vivo. Aqui. Era preciso mais?

No tempo destas conversas com a minha avó já eu tinha saído da casa onde inicialmente habitei com os meus pais, no mesmo bairro onde vivo e conheci a vizinha, e tinha passado para o cuidado da minha avó, em Mafra. Foi ela quem tratou de mim toda a adolescência. Até acabar a escola secundária, quando comecei a viver pelos meus meios. Os meus pais tinham desaparecido de cena.

Numa das nossas conversas, nos dias da sua gripe, numa das tardes em que lhe fazia companhia, enquanto esteve doente, a minha vizinha perguntou-me:

— Mas você nunca teve namorada?
— Tive.
— Não deu certo?
— Não sei responder.
— Esteve apaixonado?
— Estive. Claro. Mas desacredito do amor.
— Tem é medo.
— Quer que lhe conte uma história de namorados aqui do bairro?

— Conte, conte.
— Um rapaz que já cá não está, numa noite de verão, há meia dúzia de anos, matou por ciúmes a namorada. Nessa manhã, eu tinha-os visto no café muito encostados. Ele beijava-a. Sorriam um para o outro, enlevados. Percebia-se que tinham andado enrolados a noite toda. Eram universitários. Ele estudava engenharia de programação e ela, medicina. Bem, nunca soubemos como foram as coisas, mas nessa noite ele matou-a com um candeeiro de alabastro. Três ou quatro golpes na cabeça. A seguir pegou no corpo, meteu-o na caixa de cartão da máquina de lavar roupa acabada de estrear, enfiou-a no porta-bagagens e foi atirá-la ao mar, seguindo depois para casa dos pais, onde vivia. Adormeceu cansado.

"Na manhã seguinte, a mãe da rapariga estranhou o silêncio da filha, que não atendia o telefone. Estranhou o silêncio do namorado, que dormia profundamente. Estranhou tanto que se meteu ao volante e veio da província num Peugeot encarnado, para verificar o motivo de tão invulgar silêncio. Estacionou à porta do prédio onde a filha alugara casa e subiu. Voltou a descer, entrou no café e perguntou em voz alta e descontrolada:

"'Alguém viu a minha filha? Alguém sabe dela? Aconteceu qualquer coisa naquela casa.'

"Isto contou-me o Magrelas, que estava a beber um moscatel na esplanada e testemunhou as movimentações.

"Telefonaram para a polícia. Vieram. Entraram em casa. Tiraram fotografias. Havia objetos partidos e outros tombados. Sinais de sangue. Recolheram material. Vedaram o acesso para o lado do apartamento da rapariga assassinada. Era cenário de crime. Uma desgraça.

"Após o funeral, a mãe dela esvaziou a casa e deitou a tralha para o lixo. Quase tudo, até o candeeiro que serviu como arma e que não sofreu qualquer dano."

— O candeeiro que foi a arma do crime? Está a brincar comigo.
— Não estou, vizinha. Não o levaram. Quem sou eu para ensinar o ofício à polícia? Havia resquícios de sangue na base. Não lhe sei dizer. Apenas relato. Recolhi o candeeiro e recuperei-o. Até hoje ninguém me disse nada, embora toda a gente me veja andar ao lixo. Não dá para esconder. A vizinha sabe tão bem como eu que há câmaras de filmar por todo o bairro. Há olhos atentos a tudo o que fazemos, não apenas máquinas. Se a Judiciária quiser, o candeeiro está ao dispor. Tenho-o na mesa de leitura, na sala.
— Guardou um candeeiro com sangue?
— Isso foi uma questão. Admito que quando o vi, junto ao contentor, o cobicei, mas não o trouxe. Fiquei a pensar. Depois, num impulso que não consegui explicar, fui buscá-lo. Pesava. Embrulhei-o num saco à parte, como se fosse uma cabeça decepada. Lavei-o com repulsa. Lavei-o muito. Correu muita água sobre a peça, enquanto me lembrava de que aquilo tinha tirado a vida a uma rapariga. Visualizei esses momentos. Uma discussão violenta de ciúmes e, do nada, o rapaz pega no candeeiro e bate com ele na namorada. Sangue. Não sei se o amor dos humanos se gasta. Não percebo. Se calhar fica sempre um resto. Raiva. Ressentimento. A raiva e o ressentimento estão carregados de amor falhado. Resumindo, limpei o candeeiro, pousei-o sobre uma caixa de madeira no quintal e fiquei a olhar para ele durante dias. Passava e olhava-o. Fui percebendo que transferia para ele a culpa da morte da rapariga. Mas era injusto. O objeto estava inocente, o rapaz é que não. Lá absolvi o candeeiro. Peguei nele e levei-o para dentro. É um belo candeeiro, que nunca tive posses para comprar. Não consigo vendê-lo. Este é especial. Estou a contar-lhe isto por causa do amor. Desculpe lá ter metido um candeeiro ao barulho. Gosto da minha avó. Dos meus cães. Chega. E a senhora?
— De ninguém.

O que é que uma pessoa responde a uma afirmação destas? Deixei-me ficar caladinho. Poucos segundos depois perguntou-me:
— Mas essa história é sobre amor ou sobre um candeeiro?
— Acho que é sobre as duas coisas. Tudo interligado.
— Eu não vejo aí amor nem candeeiro. O que eu vejo é um trabalho muito malfeito. Ele matou a rapariga, atirou-a ao mar e não lhe atou uma pedra para ir ao fundo? E vai para casa dos pais dormir? Que falta de inteligência!

Nessa tarde, após ouvir a história dos namorados e do candeeiro, a minha vizinha não voltou a dizer mais nada. Estava cansada. Era a febre. Calou-se. Eu deixei-lhe o chá e as bolachas em cima da mesa de cabeceira e fui para casa.

Cristo

Os cães são uma bênção de Deus. São o que se vê. O que é. Não há palavras que ficam por dizer nem sentimentos escondidos. Os meus cães são os meus grandes amores.

A primeira vez que levei um cão para casa foi pouco antes do Natal de 1974, numa tarde de gelo. Eu era criança e a aventura começou mal.

— Sacana, mordeste-me! — exclamei, segurando a mão direita. O cão tinha acabado de me trincar o indicador ao desinfetar-lhe a ferida da perna com álcool.

O sangue dele misturou-se com o meu. Corri para a casa de banho, apertando o dedo que sangrava. Lavei a mão com água fria. Fechei os olhos com força ao senti-la penetrar nas mordidas. Voltei ao quarto para recolher a garrafa de desinfetante tombada no chão. Ele já se tinha escondido atrás do cortinado.

Despejei o álcool sobre o dedo e comprimi os músculos do rosto enquanto suportava a dor. Sabia que o desconforto iria abrandando e acalmando. Havia de sobrar apenas um resquício a arder na carne perfurada. A vida era sofrimento. Era o que me diziam, em casa, ao tratar as mazelas, resultantes das minhas brincadeiras e da inconsciência dos riscos. "Arde, mas passa."

Envolvi o dedo num resto de gaze que retirei da farmácia, na casa de banho. O tecido ralo deixava passar sangue. Consegui desenvencilhar-me sozinho e estancá-lo. Sentei-me na cama, falando com o cão, à distância.

— Não estava a fazer-te mal! Estás numa lástima. Não queres melhorar?

Ele permanecia escondido, amedrontado, dorido, meio perdido, ciente de ter pisado o risco. Os humanos não perdoam ao cão a sua única defesa: a dentada. Um cão é útil porque morde, mas um cão não pode morder sem punição. Deve ser submisso como o antigo escravo da roça. O senhor tinha o direito de chicotear no tronco o que era sua propriedade.

Contemplei-o. Era um bicho pequeno, com um focinho diminuto. Se assim não fosse, ter-me-ia ferrado gravemente. A mordida tinha sido um "larga-me", pronunciado em língua de cão: duas ferradelas nervosas, uma mais funda do que a outra. "Larga-me, larga-me." Pronto.

Olhei de novo para o dedo. Tinha de mudar a ligadura e derramar mais álcool. Queria furtar-me à tintura de iodo, para não deixar traços que os meus pais pudessem perceber. Estavam quase a chegar do trabalho. Quando chegassem, o dedo não podia apresentar vestígios de sangue nem de gaze. Nada. Estaria escondido no bolso ou disfarçado na manga da camisola.

As coisas não andavam bem entre eles. Já não suportava vê-los discutir por tudo: falta de dinheiro, de tempo, sobretudo de paciência. Por minha causa, também. Porque eu não tinha ido cortar o cabelo ou porque tinha ido, mas cortara demais ou de menos. Tudo lhes servia para discussão. Era minha prioridade não lhes dar pretextos. Estava tudo muito bem comigo! Tudo muito bem na escola e com os amigos! Saúde de ferro! Problemas zero! Eles já tinham os seus, que me transcendiam.

Acabei guardando o frasco de álcool na farmácia. As dentadas tinham deixado um lastro de dor. Parecia ter ficado um espinho enterrado na carne — um ardor afiado e metálico que não desaparecia e me massacrava. Paralisava-me os nervos da mão, como um veneno injetado. O dedo inchava.

Olhava o cão. O sacana merecia tareia. Mas eu não batia em animais. Não era capaz. Em colegas conseguia. Se se metessem comigo. Em cães não. Os cães não mordiam com maldade. Era a sua única defesa. Este estava doente e não sabia gritar nem pedir que o largassem. Bater nos mais fracos era cobardia. Mas não me custava nada arriar nos colegas da escola ou do bairro que me provocavam, atribuindo-me jocosamente a alcunha de "Reizinho Viriato", também conhecido como "O Bonitinho", fazendo gestos de mulher, revirando as mãos. Troçando da minha virilidade. Saltitavam à minha volta, magros e mal agasalhados, enraivecendo-me. A esses, ia-lhes às fuças sem dó. Corria-os a soco. Esmagava-lhes o nariz. A raiva está sempre dentro de nós, como os vulcões nas entranhas da Terra. Está lá dentro, contida, revolvendo-se sobre si, mas quando se descontrola lança jatos de lava incandescente que tudo destroem. A raiva que sou capaz de gerar pode iluminar os candeeiros da minha rua uma noite inteira. Somos centrais energéticas de raiva pura que, soltando-se, tem força para fazer circular automóveis, aviões, o que quiserem. É uma energia alternativa. Pura. Inocente. Nós é que não. Bater nos outros restabelecia um equilíbrio temporário. A raiva deixava-me prostrado de tristeza. Ia passando com os dias.

O meu nome é José Viriato. É antiquado. Nunca gostei, mas não posso mudar. A d. Rosa do minimercado chamava-me Bonitinho, porque eu era um rapaz bonito. Nunca tive o ar rufia dos meus colegas e não gostava de violência nem de maneiras brutas. Não faz parte da minha natureza. Não podia alterar o que pensavam e diziam de mim. Tinha apenas o fraco poder de cascar em quem troçava às escâncaras. Nesse momento o vulcão acordava.

Regressei ao quarto onde o cão ficara. Sentei-me na cama, com as mãos entaladas entre as pernas, sem saber o que fazer. Eu queria ficar com o bicho, mas o estado dele só me lembrava o de um Cristo que tivesse sobrevivido à crucificação. Foi o que me veio à cabeça.

Não é que eu percebesse de religião. O meu pai não deixara que me inscrevessem na catequese nem nas aulas de moral. Era "ateu convicto", expressão que o próprio usava, tal como outra, que dirigia a quem lhe aparecesse com assuntos de missas por alma, rezas, casamentos, batizados e sacramentos vários: "A religião é o ópio do povo".

— O que é ópio? — perguntei um dia.

— É uma substância extraída de uma planta. Acalma as pessoas, dispõe-nas bem, fá-las esquecer os problemas, mas enlouquece-as e mata-as, porque também é um veneno.

A minha mãe defendia que era urgente eu começar a aprender rudimentos do catecismo, para me tornar gente. O meu pai alegava:

— Não vamos impor ao miúdo uma fé que não sabemos se quer professar, como outros fizeram connosco. Ele, no futuro, logo vê.

A minha mãe refutava. Respondia que ninguém se pode formar fora de um contexto; que toda a minha educação, tudo aquilo que eu era, resultava já de uma imposição cultural que me tinha sido transmitida, bem ou mal, todos os dias: em casa, por eles; na escola, pelos professores e colegas e, na rua, pelo mundo inteiro. No futuro eu seria confrontado com inúmeras fés que haveria de incorporar ou rejeitar, de acordo com as linhas do meu caráter, mas tinha de ter uma base da qual partir.

— Precisa de uma basezinha como o latim — reforçava a minha mãe. — Também o obrigamos a comer peixe, embora não goste. Porque o peixe faz bem. Não vais esperar que ele seja adulto para decidir se quer comê-lo. Com a religião é exatamente o mesmo. Não interessa se a vai professar no futuro. Interessa o benefício que ela lhe traz no momento em que está a formar-se.

— Qual benefício, Madalena? — perguntava o meu pai.
Ela insistia.
— Para começar, e como se não bastasse, o controlo do animal que todos somos em potência. Temos de aprender a ser humanos. Precisamos de modelos. De mitos. De um encaminhamento.
O meu pai ria-se.
— De lavagem cerebral, queres tu dizer.
— Sim, de lavagem cerebral. Tu também tens a tua, mas não a reconheces. Só alcanças a dos outros.

Essa era a altura em que o meu pai se levantava, irritado, e começavam a debater fortemente, travando, a pretexto da minha educação, a sua guerra privada de ideias, valores e princípios.

Eu tinha aprendido quem era Cristo, Nosso Senhor, indiretamente, apesar da ausência de educação religiosa formal. Vivia imerso num ambiente no qual esses valores prevaleciam nos entendimentos tácitos. Havia os filmes de Natal e da Páscoa na televisão, havia casamentos e batizados na família, bem como celebrações de feriados religiosos cuja explicação me era transmitida pela minha mãe ou pela minha avó materna. Nos anos após o 25 de Abril era-se católico disfarçadamente. Ter uma religião, acreditar em Deus ou em mundos imateriais era uma desonra. Só se admitia aos mais velhos. Era-se ateu ou agnóstico. Melhor ateu. Agnóstico daria trabalho a explicar. Tolerava-se um agnóstico, mas aplicava-se-lhe catequese ateia para que pudesse alcançar a verdade. Quem professasse uma fé, melhor seria calar-se. No meio social e político que o meu pai frequentava, o ateísmo era a luz que desinfetava a alma humana. A alma era uma condição temporária, intrinsecamente ligada ao cérebro, à razão. Tudo acabava com a morte. Morríamos e pronto, acabava-se a alma. Não havia Deus. *Rien de rien*. Deus tinha sido trocado pela aculturação, educação e formação cívica do indivíduo. No seu lugar estavam o empenho, a vontade e a disciplina, a organização das massas trabalhadoras, o trabalho coletivo pelo bem comum, por melhores condições de vida, por desenvolvimento para todos, eliminando diferenças de classe e a exploração do homem pelo homem. No entanto, nos bastidores da vida política e social os rituais católicos continuavam a celebrar-se em privado. Mesmo sem liturgia associada e aparentemente esvaziados de sentido, pelo menos para alguns, eles mantinham-se. O meu pai, ateu, celebrava a Páscoa e o Natal, "mas sem fantasia", justificava. Eu não pensava nessas coisas. O mundo era assim porque assim mo apresentavam. Acreditava vagamente em Deus, como no Pai Natal, mas não perdia tempo com o assunto.

Em nossa casa havia muitos livros de história da arte. A minha mãe tinha andado em pintura e era professora de desenho. Mas era o meu pai, homem de letras, que me incitava a apreciar um pormenor de *A última ceia*, de Leonardo da Vinci, pintado para a igreja do duque Ludovico Sforza.

— Observa as mãos das figuras, para onde apontam. As direções harmonizam-se. Repara na inclinação e expressão dos rostos, no que parecem dizer-nos. É uma ação fechada. Todos apontam para dentro. Para o centro. Mas qual é o centro? Cristo é o único que parece calmo. Achas que é o centro da ação?

— Parece que o mais importante é o que está a acontecer, é o que cada uma das pessoas sente. Estão a discutir — respondia eu.

— É possível. — O meu pai ficava satisfeito com as minhas observações.

Passávamos para *Madalena arrependida*, de Caravaggio.

— Olha a testa contraída. Parece ter o cabelo cortado à rapaz, quase rapado, mas não, está apenas caído para o lado oposto. Não tem brincos, mas o furo visível nas orelhas mostra-nos que acabou de os tirar, bem como a exposição das joias no chão. Se lhe tapares a roupa e o cabelo com as tuas mãos, vê lá se não parece um rapaz? O que é que achas que quer dizer?

Eu gostava de observar as pinturas pelo olhar do meu pai e não fazia perguntas impertinentes. Não perguntava o que significava a *Última ceia* ou quem era Madalena. Estava fora de questão. Isso ficava para a minha mãe, que nos observava e sorria, em silêncio. Ela explicar-me-ia depois a história dos retratos enquanto descascava batatas e cenouras para fazer a sopa ou lavava as camisas do meu pai. A minha mãe era a especialista em arte, o meu pai tinha tempo para a usufruir e pensar. Não é que o meu pai não tivesse passado dias a escrutinar obras de grandes pintores clássicos, que preferia aos contemporâneos, nos quais reconhecia evolução artística, mas pouca virtude. Enquanto a minha mãe geria a vida de casa e a do trabalho, a ele sobrava-lhe tempo. Isso hoje é claro para mim. Na altura quase esquecia que quem tinha estudado o assunto fora a minha mãe. As lições de arte do meu pai foram importantes na minha educação. Na atenção aos pormenores. À beleza escondida. Mas levaram-me a pensar que todos os grandes pintores tinham sido extremamente católicos, por terem passado a vida a ilustrar episódios descritos na Bíblia sagrada. Nunca lho disse, mas é engraçado, sendo ele ateu convicto.

Analisando esse tempo à distância, torna-se claro que a minha mãe tinha razão. O modelo no qual vivíamos era católico, portanto tudo o resto vinha por arrasto. Todos os códigos, as normas, as moléculas da linguagem que eu apreendia, as obras de arte que o meu pai apreciava transpiravam o catolicismo sobre o qual tinham sido erigidas. Eram os alicerces da construção na qual todos vivíamos, mesmo os que a negavam.

Eu tinha apenas nove anos, mas já sentia o mundo como uma camisa de forças que me vestia. Não podia saber que nesse momento eu também já lhe dava forma, que, sem intenção, eu já me havia tornado, em parte, no que tinham querido fazer de mim. Nada querendo ser, alguma coisa eu já era. Foi por isso que o meu pensamento disse ao cão, "pareces o Cristo". E, no segundo em que aconteceu, percebi que lhe tinha dado nome.

Café Colina

Antes de conhecer a minha vizinha, nesse tempo que não está assim tão distante, saía da cama a custo, por volta do meio-dia. Erguia-me devagar, sentindo uma faca espetada no meio das costas. O corpo tem um prazo de validade. Os ossos dos cinquenta não perdoam. Era uma dor a que me habituava ao longo do dia, conforme me ia embrenhando nas tarefas. O quotidiano impunha-se. Nunca fui um desleixado. Mesmo livres, precisamos de uma rotina de liberdade. Lavava-me e vestia-me. A minha roupa não era nem é da moda. Nunca foi. Compro em segunda mão. Por baixo da roupa estou impecavelmente limpo. A limpeza é uma religião. É mais importante do que ir à missa. A roupa que me veste aquece-me e protege-me. É tudo o que peço.

Fazia o café na velha cafeteira italiana. Enchia o depósito de água. Colocava o pó no filtro. Atarraxava ao depósito o recetor do café para onde a água transborda quando ferve. Estes hábitos mantêm-se. Enquanto o café se fazia, cortava uma fatia de pão e barrava-a com compota. Não como manteiga nem carne, peixe, ovos ou leite. Por vezes, insinua-se na memória o paladar salgado e gordo da manteiga. A saliva cresce na boca. A memória é a mais poderosa base de dados. Ela regista as experiências dos sentidos, os diálogos e as vivências. Regista o que queremos guardar e o que gostaríamos de esquecer. Por vezes arranjamos estratégias para fugirmos à memória. Criamos informação que encaixamos no lugar da que pretendemos eliminar, mas por debaixo da toalha estará sempre a verdade palpitando como um órgão saudável. A memória de cada um é o seu bilhete de identidade íntimo. É através da sua análise que Deus faz a triagem e decide o lugar do inferno onde iremos parar. Mas o cheiro escuro e encorpado do café espicaça-me e salva-me aos valorativos pensamentos católicos.

O Natal é uma altura do ano que abomino, mas muito produtiva nas voltas aos contentores. As pessoas estão abonadas, renovam a casa e o guarda-roupa, livrando-se do usado. Em dezembro e em janeiro, antes do Natal e depois dele, havia noites em que tinha de fazer a ronda duas vezes, para conseguir carregar toda a maravilha que atiravam para o lixo.

Faço anos no dia de Natal. Não é uma data agradável. Há muitas décadas que me esforço por escapar ao meu aniversário, mas não consigo. Ele impõe-se. É dia feriado. As famílias almoçam juntas. Passeiam na parte da tarde. Visitam-se. O bulício normal desaparece. Transforma-se em ação celebrativa. Não podendo fugir, adapto-me e concentro-me no trabalho. Em 2018 eu fazia cinquenta e quatro anos.

Na altura, assim que acordava e enquanto os cães saltitavam à minha volta, enfiava as calças, vestia a camisola e o casaco e preparava-me para os levar à rua. Ia usufruir do meu único luxo: tomar no café o meu segundo café. O café, para mim, é como o tabaco. Não me interessa a bebida. É o ritual. É sentar-me na esplanada com licença para ver e ouvir. Não é apenas um café, mas a autorização para assistir ao espetáculo dos outros.

Quando saía de casa encontrava a d. Dolores sentada frente ao seu prédio. Teria os seus oitenta e tal. As pessoas da minha rua estavam a ficar velhas. Dementes. A morrer. Deixavam de aparecer. Alguém perguntava por fulano. "Deu-lhe uma coisa no coração. Foi de repente." Ou "os filhos internaram-nos em lares para trás do sol-posto, porque os velhos já não têm entendimento".

Há quanto tempo não vejo a d. Dolores! A velhice fechou-a em casa? Ainda estará viva?

Os velhos mais afoitos mantinham o desejo de apanhar ar e sol e arriscavam passeios agarrados às bengalas e às canadianas, quando estava bom tempo. Demoravam a tarde inteira a dar a volta ao quarteirão, percurso que antes realizavam em vinte minutos. Caminhavam com cuidado, paravam, encostavam-se a um muro ou sentavam-se onde podiam, descansando, trocando umas palavras com quem se cruzava com eles. Aproveitavam o dia.

A d. Rosa passava o dia sentada no minimercado que antes geria, com os olhos pregados na televisão, esfregando os dedos torcidos pelas artroses, enquanto a filha ia aviando os fregueses. Teve sorte com o destino que lhe calhou.

— A mãe quer o seu chá? A mãe quer ir para dentro? — perguntava-lhe a filha. — Oh, mãe, olhe o Zé a cumprimentá-la — dizia-lhe, quando eu entrava.

— Quem é ele? — perguntava a d. Rosa desorientada.

— O Bonitinho que viveu cá no bairro e depois voltou. O dos cães.

— Ah! — respondia sem interesse nem reconhecimento.

Lembro-me que o veterano de guerra já tinha deixado de estar à porta do centro de dia, como era costume. O centro de dia dava tolerância de ponto aos funcionários, nessa época do ano. Cada velhote ficava sozinho no seu lar, sentado a ver televisão, com a ceia e o almoço de Natal guardados em caixas plásticas, no frigorífico. O Natal, para quem se tornou um estorvo, não passa de comida requentada à mesa do desamparo! Os velhos não se importam. O que é que pode importar a um velho após tantas décadas de trabalho, dureza, traição, desilusão, desprezo e desgosto? As dores importam. Aliviá-las. A dificuldade em caminhar mesmo com os andarilhos. Como entrar na banheira. Não serem capazes de elevar os braços para se pentearem ou de se dobrarem para cortar as unhas. Vestirem-se. Despirem-se. Não conseguirem chegar a um armário alto ou baixo demais. O corpo está empenado. Incapacitado. Isso importa-lhes. Dói-lhes. Choram quando se veem chegar a esse estado. De resto, comida requentada comparada com o que foi uma vida inteira de esforço é uma iguaria. Com vagar hão de conseguir arrastar-se até ao fogão e acender o forno para dar uma gracinha de calor ao bacalhau e ao peru. O centro de dia apoia os velhos, mas não é pai nem mãe nem filho! Nem eles o esperam. Já serviram. Agora já não servem. Estorvam. Eles sabem que é assim. Talvez tenham pensado o mesmo, muitos anos antes, sobre outros velhos que foram seus.

Eu gostava do veterano de guerra. Cumprimentávamo-nos sempre. Falávamos sobre o trivial. Não nos metíamos na vida um do outro. Comentávamos o estado do tempo, os cães, alguma novidade da rua ou um caso de jornal. Eu fazia o mesmo percurso todos os dias. Era a minha rotina. A do veterano era fazer palavras cruzadas, sentado numa cadeira de plástico à porta do centro. Quando me via ao longe chamava os cães para lhes fazer festas. "Olha, a menina!" Ou então dizia ao Revo: "Anda cá, malandro!". Tinha os olhos caídos nas pontas e barba branca. Guardava, como eu, restos de pão no bolso do casaco. Tínhamos o mesmo hábito: esfarelávamo-lo na palma da mão e lançávamo-lo aos pombos. Eu e o velho pertencíamos à mesma família de deslocados, embora não pertencêssemos à mesma geração. Não sei se está vivo. Perdi-lhe o rasto.

Gostava dessas caminhadas sem preocupação com horas. A minha rua na Margem Sul podia ser feia para os outros, mas era aí que eu encontrava o veterano da guerra colonial, era aí que estava o minimercado da d. Rosa, que tinha sempre à porta uma tigela de água para os pássaros. A tigela de água à porta do minimercado era mais bela do que o Grand Canyon e do que o rio Amazonas, serpenteando ao longo da selva húmida. Era a dádiva que não se espera, que ninguém valoriza, mas que salva o mundo.

    Estou sempre atento às miudezas. Aos pormenores. Imagino que o vento, assobiando nas ruínas de Machu Picchu, deva transportar um silêncio sublime, mas a beleza inesperada e miúda, irrompendo por todo o lado, prende a minha atenção. Contemplo. Vejo beleza em tudo. No banal, no rude e no grosseiro. Há beleza aos nossos pés. Há um pedaço de plástico amarelo roído que parece uma margarida. Nos dois milímetros que separam as pedras da calçada nascem ervas após a chuva. Pousa sobre os meus sapatos uma folha de árvore raiada de vermelho-sangue. Atraía-me o cabelo muito fino e branco de uma senhora que por vezes se cruzava comigo. Mais uma velha, coxeando, apoiada numa bengala de madeira, com o castão trabalhado. Parecia a minha avó. Parava. Sorria. Cumprimentava-a. Os cães vinham pedir-lhe festas que ela não recusava. Tinha olhos muito azuis e doces. Alguns velhos ficam lindos.

    Havia sempre um casal de namorados sentado no muro da escola, alheio ao burburinho. Eram muito jovens e enrolavam-se de tal maneira que só se via um corpo e não se percebia de quem era. Eu sorria. Sabia o que aquilo era. Eu também andara perdido por uma rapariga por quem os meus tendões e músculos se retesaram, mas foi há muito tempo. A forma como os namorados se enlaçavam recordava-me o fogo do desejo, tudo abalando, tudo tornando possível, com uma força que a gente não compreende, que nos domina desumanamente.

    Claro que há o Ganges, o Amazonas, o Grand Canyon ou o Machu Picchu e belezas singulares onde nunca irei por falta de dinheiro, mas no meu bairro havia uma tigela de água onde os pombos podiam matar a sede, havia a d. Rosa e um desejo de viver que a todos unia inconscientemente.

    Gostava do meu bairro, onde os ricos tinham medo de viver e que não arriscavam atravessar.

* * *

Antes de chegar ao café, tirava do bolso uma carcaça que me tinha sobrado do dia anterior. Esfarelava-a num canto onde pensava não incomodar os outros. Mas incomodava sempre. Gostar de pombos tornou-se uma ofensa à comunidade. Aves na cidade só na gaiola. As pessoas só concebem a própria vida em prisão. Quanto mais a dos inferiores.

A minha mãe aprendeu com a minha avó a guardar as sobras de pão para levarmos aos pombos da praça, onde íamos ao domingo. Eu aprendi com as duas. Todos faziam assim. Quando chegávamos à praça, eles pousavam aos nossos pés. Conheciam-nos. Os pombos são seres muito inteligentes e veem melhor do que nós. Reconhecem um amigo humano se o virem numa multidão. A minha mãe dizia que eram seres alados.

— O que é alado? — perguntava-lhe.

— Significa que têm asas, como os anjos.

Mais tarde descobri que as pessoas faziam canja com os seres alados. Não se podia trincar a hóstia consagrada por ser o corpo de Cristo, mas podia-se comer anjos. Ainda eu não tinha completado oito anos e já percebera que o comportamento dos crescidos tinha buracos a céu aberto cheios de contradições que ninguém queria ver.

As pessoas criavam os animais com cuidado, alimentavam-nos, curavam-nos das doenças. Depois matavam-nos a sangue-frio e comiam-nos. Pintos, coelhos, cabritos, porcos e vacas. Como é que conseguiam fazê-lo? Respondiam como se não tivessem compreendido o sentido da pergunta:

— Com uma faca ou com uma moca.

Por causa da posse absoluta dos animais, houve um tempo em que temi pela minha integridade física. Eu sobreviveria ou alguém poderia abater-me como a um cabrito? A minha mãe jurou-me que os humanos não se comiam uns aos outros. Cresciam e envelheciam até morrer devido a doença ou a acidente.

Ah, que alívio! A morte estava muito, muito longe. Era só para os velhinhos.

A minha mãe também me explicava que a pomba branca simbolizava o Espírito Santo, uma trindade que incluía o Pai e o Filho. Eu considerava que da trindade tinha de constar a Mãe: Nossa Senhora. A minha mãe garantia que Nossa Senhora não fazia parte, mas também não conseguia explicar melhor. Algumas coisas eram dogmas.

— O que são dogmas?

— Assuntos que não se conseguem explicar.

— As pessoas comerem animais é um dogma?

— Não, José. Comem os animais porque precisam. — Suspirou e continuou. — Se queres mesmo saber, eu acredito que o Espírito Santo é o sagrado que existe em cada um de nós.

— O que é o sagrado, mãe?

— É voz que sabe o que está certo e o que está errado. É uma voz lá dentro que fala connosco, mesmo que não desejemos ouvi-la.

O sagrado em mim dizia-me que a vida dos pombos, tal como a nossa, estava certa.

* * *

Era de novo véspera de Natal. Parei e respirei. Agradou-me o dia ventoso que chamava chuva. A temperatura tinha subido ligeiramente. O sol da tarde sabia bem. A esplanada estava cheia. Sentei-me uns minutos. Peguei no jornal pousado na mesa. Li os fait divers sensacionalistas da capa. As pessoas querem sangue e lágrimas. Querem desgraça, castigo e redenção como na tragédia grega. Pobreza, vício e maldade. Um filho tinha espancado uma mãe para a roubar. Fiquei a pensar que destratar os velhos se tornara costumeiro. Os filhos. Família. Por vezes, cuidadores. Foi sempre assim? Quantas mortes de velhos foram homicídios cujo segredo Deus guarda nos seus arquivos? Alguma vez na história os velhos foram bem tratados? Onde os guardavam quando eu era pequeno? Em quartos sem janela e de porta fechada, onde morriam sem ver a luz do sol? Teriam a sorte de conseguir sentar-se em bancos à porta? Alguém quer chegar a velho e tornar-se indesejado e invisível? É por isso que a d. Rosa tem sorte. Muito mais do que a minha avó que vive em Mafra aos cuidados da falsa Florinda. Custava-me ler as suas queixas e assistir à sua decadência à distância. Não queria vê-la morrer. Olhos que não veem é coração que não sente. Eu também era culpado. Um relâmpago de culpa atingia-me quando pensava nela. Em nós. Quando nos sentimos culpados tudo nos lembra a nossa falta. A culpa. A culpa de novo. Tinha de telefonar à minha avó. Não podia continuar a deixar para amanhã. Nunca tinha paciência para aturar a conversa que sabia ir ouvir. Afastava o assunto do pensamento. Foi o que fiz naquele momento.

* * *

Na véspera de Natal desse ano de 2018 caía um frio ligeiro que enrijecia, mas não matava. Fazia o percurso de casa até à esplanada do Café Colina e sentava-me rodeado pelos cães e pelos clientes habituais, em outras mesas. Trocávamos meia dúzia de palavras de quem não tem nada para dizer.

— Então?
— Cá se anda.
— Mais um Natal.
— É a vida.
— Sabes que hoje é a véspera do dia a seguir?
— Sei.
— Como é que adivinhaste?
— Eu descubro tudo.

Isto. Somos animais gregários. Precisamos de manter a impressão de que a Terra não é uma ilha e de que não estamos nela sozinhos.

O efeito psicológico de nos vermos chegar ao café era terapêutico. Não precisava de tornar-se consciente. Bastava estarmos ali, ter a certeza de que o Magrelas estava a ler o *Correio da Manhã*, de que o Ribeiro vinha ao fundo a coxear, como de costume, e de que o Lopes estava a curar a bebedeira da noite passada sem conseguir levantar a cabeça do tampo da mesa. A curá-la para a renovar, assim que tivesse forças para se deslocar ao balcão. A culpa era da mulher. Tinha-o deixado há anos. O Lopes murchara como uma planta sob a geada. O que fazia numa casa vazia um homem que toda a vida tinha sido sargento do Exército, para o Exército e para o mundo? O que fazia a envelhecer sozinho um homem que começou a perder a força nos joelhos? Beber anestesia. Acompanha. Sai mais barato do que ir às putas. Está sempre ali. Impõe-se, como ganhar o pão para dar de comer aos filhos. Se a vida é prisão, beber é coerente.

O empregado no interior via-me através da vidraça. Trazia-me o café que eu não precisava de pedir. "Boas", saudava-me. "Boas", respondia eu. Esforço-me sempre por falar o mesmo idioma. Só passamos despercebidos se vestirmos a roupa do contexto no qual estamos. Dispunha as moedas em cima da mesa. Ele recolhia-as com "um bom Natal para si e para os seus". "Igualmente", respondia. Seguia os seus passos e pensava: "Os meus, quem serão eles?".

Lembro-me bem desse dia.

Levei a mão ao bolso do casaco, do qual retirei a carta da minha avó que me escrevia todos os meses. Eu respondia quando me apetecia. Por vezes telefonava-lhe da única cabine que existia no bairro, com os vidros pejados de grafites. Os putos costumavam sentar-se aí a enrolar ganzas e a fumá-las, quando chovia.

Gostava de telefonar à minha avó por impulso. Gostava de sentir a surpresa dela do outro lado. O entusiasmo. O contentamento verdadeiro. Ficava a sorrir. Era mais fraco nesses momentos. Ia no embalo de que existia alguém que gostava de mim. Alguém que eu recusava, mas a quem concedia o direito a estar presente quando me convinha. Alguém que estava algures e para quem eu contava. Alguém na prateleira.

Durante muito tempo não percebi por que impunha distância à minha avó. Ela vivia só, tal como eu. Estava cada vez mais velha e precisava de mim, da minha companhia. Pagava a ajuda de uma vizinha que lhe limpava a casa e lhe cozinhava as refeições. A Florinda. Por que agia eu dessa forma?

Hoje, à distância, consigo ver-me melhor. Nunca gostei de me sentir preso. Os afetos prendem-nos. Os afetos são uma prisão. Todos. Um cão. Uma galinha. Se dedicamos afeto a alguém ou a alguma coisa, todas as nossas decisões tomarão em conta esse apego. Seremos menos livres.

Pode dizer-se que sou um egoísta. E depois? Não almejo perfeição. Não acredito nela. Na liberdade, sim. Quero ser livre. Sempre o quis acima de tudo. Se permitisse que a minha avó contactasse comigo quando lhe apetecesse, interferiria na minha vida, dar-me-ia opiniões, conselhos e censuras. Não podia permitir. Não queria interferências. Gostava dela, mas não precisava de beijos e de abraços todos os dias.

Nessa véspera de Natal, como todos os dias, desliguei da pequena conversa e pus-me a ler a carta da minha avó. As folhas manuscritas com uma caligrafia feminina muito legível para que os outros não tivessem de se esforçar. Foi um cuidado que os anos não danificaram nela.

A minha avó escrevia à antiga, começando por desejar que eu estivesse "de boa saúde". No parágrafo seguinte mencionava o envio da mesada de dezembro, em cheque que juntava à missiva, como sempre, pedindo desculpa por me fazer ir ao banco e argumentando que se me enviasse apenas um vale postal seria igual, porque eu teria de o ir levantar aos correios. Ela sabia que detesto formalidades administrativas, mas com dinheiro não havia forma de as evitar. "Não podemos enfiar as notas no sobrescrito e arriscar a que se percam", escrevia. Como eu não tinha conta bancária, também não podia fazer transferências. Era assim.

Enviava-me o valor da mesada a duplicar, porque "também tens direito a subsídio de Natal. Acrescentei uns pozinhos, pensando no teu aniversário. Compra um bom casaco ou uns sapatos. Vê o que te faz mais falta e agasalha-te bem".

Tinha saudades minhas. Gostaria de me ver ou de receber notícias, mas logo me pedia desculpas, por não querer repetir o que já escrevera em cartas anteriores. Não querer chatear-me. Impunha-se dizer-me, contudo, que cada vez lhe era mais difícil ir aos correios, mesmo de táxi. Não sabia durante quanto tempo teria força para o fazer. Já lhe custava sair de casa. Fazia-o para ter a certeza de que as cartas me chegavam às mãos sem serem abertas. Não queria que a Florinda, a vizinha que tratava de si, se encarregasse delas. Não confiava nela. Desabafava sobre o assunto como nunca fez: "Não foi boa ideia propor à Florinda o trabalho de cuidar de mim. Ao contrário do que pensava, ela não é boa gente, José". Ela tinha contratado a Florinda porque a conhecia de longa data. Era a mãe da Cátia, a minha amiga de adolescência. Florinda era uns anos mais nova do que a minha avó, mas ainda se mexia bem, apesar dos seus achaques, e gostava de animais, o que para a minha avó era condição importante. Se uma pessoa gostava de animais era boa alma. Erro. Dizia que tinha falhado no seu entendimento das pessoas. "A Florinda revelou-se má e interesseira. Não tenho outras palavras, embora me custe escrevê-las." Desabafava que ela lhe abria as gavetas dos móveis e espreitava o que tinha em casa, como se estivesse a fazer um inventário mental do recheio, com olhar guloso, afirmando que sendo eu homem, não havia de ter interesse nas velharias da minha avó. "Tenho-lhe respondido que te cabe a ti tomar essas decisões. Será para mim um grande desgosto imaginar a Florinda a levar daqui os objetos que são parte de nossa história, quando eu fechar os olhos", concluía a minha avó. "Há mais coisas que quero que saibas. Coisas que não se fazem a ninguém." Mas não explicava o quê. Já não tinha cães, embora continuasse a alimentar os gatos que apareciam no quintal, bem como os pombos e pardais que pousavam na varanda onde se sentava ao sol. "Na minha ausência quem dará milho aos pombos e lhes encherá de água a malga em que bebem e se banham?", perguntava. Não o dizia para me preocupar, repetia. Não pretendia pesar-me. "Mas não posso evitar pensá-lo."

Terminava à maneira antiga, desejando-me um feliz Natal e um próspero Ano-Novo, mesmo sabendo que eu não ligava a festividades e detestava sentimentalismos. "Muitos beijos da tua avó que nunca te esquece."

E assinava o seu nome muito bem caligrafado, o feminino do meu, Josefa.

Suspirei, dobrei a carta e voltei a metê-la no bolso. Eu podia desistir de mim, do mundo, mas a minha avó haveria sempre de me lembrar que o sangue dela me corria nas veias. Que o sangue ata as pessoas com grossas cordas velhas que resistem ao tempo e ao uso. E desviei o pensamento. Era melhor ir para casa e cozer feijão e abóbora para fazer uma sopa com lombardo. Encher a barriga. Isso é que é importante. E tratar dos cães.

Enquanto acabava de beber o café, varri a rua com os olhos. Por ser véspera de Natal, a rua estava mais cheia de gente desocupada. Bêbados, caloteiros ensimesmados e fauna promíscua. Vinham ver-se uns aos outros. Cumprimentar-se. Avaliar-se. Vinham despedir-se antes que acabasse este Natal e se iniciasse um novo pacote de semanas iguais às anteriores: um novo compartimento da mesma coisa.

Andava por ali o psicótico que se julgava um extraterrestre abandonado na Terra por uma nave que teve de levantar voo à pressa. Ele estava no bairro em missão, fotografando espécimes com uma máquina fotográfica especial. Uma máquina invisível. Todas as imagens que capturava ficavam imediatamente registadas na base de dados da central de espionagem do planeta de onde tinha vindo. Bastava-lhe dizer clique e dobrar o indicador direito em frente ao rosto, com um olho aberto e outro fechado. Tirava centenas de fotos por hora. A vizinha Chinita comentava: "O que ele quer é copos". "E tabaco", acrescentava outro. Do lado de dentro ouvia-se: "E pito. O gajo gosta de pito. Copos, tabaco e pito". Todos destrambelhados de maneiras diferentes. Alguém devia ter feito o favor de os tirar aos pais em pequenos e meter em orfanatos, como diziam que faziam na União Soviética. Que educações maravilhosas teriam recebido da parte do Estado. Rigor, disciplina e igualdade.

Acumulavam-se à entrada do café, sempre as mesmas caras, bebendo cervejas ou traçados, e esperando que o sol de inverno desfizesse o gelo da sombra dos edifícios. Esfregavam as mãos de frio. Alguém exibia posses. Um relógio novo, de marca contrafeita, uns ténis ou um telemóvel. O Miguel tinha sempre tabaco de contrabando, tinha joias como se fossem em ouro, tinha cosméticos por catálogo, estrangeiros, tudo em bom, e "também para os homens, porque agora os homens também se cuidam que é para elas não se queixarem".

Comentavam os resultados do futebol. Faziam a conversa vazia do quem paga o quê e a quem, assunto para o qual tinham uma contabilidade e memória que me impressionava: "A semana passada pagou o Domingos, tu ontem não pagaste, portanto, pagas hoje, porque a minha vez é só para a semana".

As frases desprendiam-se das mesas. Escutava-as, desconhecendo o contexto, mas conseguindo apanhá-lo a meio. Havia vazio, ironia, maledicência, zanga ou mesquinhez. As pessoas arrepiam-me. Mas as pessoas são tudo o que há. A elas estamos condenados e a condenação nos salva.

O psicótico entrava no café e comprava meia dúzia de sonhos. Apreçava o leitão. Dezanove euros e oitenta e cinco cêntimos. O quilo.

— Eh lá, na constelação de onde vim isto é muito mais barato!

— Se calhar até já nem lá comem porcos. Estás cá há tanto tempo que nem te lembras — respondia o empregado de balcão. Ninguém levava o psicótico a sério, embora todos o tolerassem. Era o maluco do bairro. Fazia rir. Na minha rua era importante rir. Não havia dinheiro para tristezas e depressões. Ou nos aguentávamos ou nos alienávamos. Não havia meio caminho. Tirando os contemplativos de esplanada, desempregados como eu, na minha rua sempre se trabalhou, levou as crianças à escola, fez-se o jantar, dormiu--se, trabalhou-se de novo e foi-se feliz à razão de seiscentos euros mensais. Com sorte. Nas horas de lazer, bebiam-se os cafés e as minis da ordem, de preferência à porta, fumando o cigarro, houvesse ou não sol, e desenvolvia-se a conversa miúda que preenchia os dias. Engrandecia-se a vida própria e diminuía-se a alheia.

Observando o maluco da minha rua, pensava que o milagre do Natal talvez fosse conseguir que, um dia por ano, voltássemos a ser a criança sem cultura nem mancha que veio ao mundo. A matéria pura e primeira que nem a loucura consegue apagar. Uma faísca da coisa inicial, imaculada. O maluco foi o bebé que a sua mãe pegou nos braços e no qual depositou esperanças. Beijou-o. Terá sido o seu menino. O maluco teve de se sujar para atravessar a vida. O prodígio da vida. A dádiva também é o direito a sujarmo-nos. Que viagem uma pessoa tem de fazer durante tantos anos!

Concluindo: enquanto não chegava a hora de se recolherem para as celebrações, lá para o final da tarde, o café ficava cheio daquela gente com tiques e paranoias. Gente que não se disciplinava e que dormia até tarde. Gente da laia dos que se atrasam ou que nem chegam a ir, cuja grande ocupação consiste em falhar todas as oportunidades, e nisso são mestres. Podendo ter feito, não fizeram, não se lamentam e depressa sacodem as culpas. Uns, baixotes. Outros, gordos. Quase todos feios. Também os havia míopes, canhotos, carecas, os que já tinham sofrido princípios de embolias e ficaram apanhados da fala, as vítimas de acidente vascular cerebral, agarradas a tripés e andarilhos, os dos ataques de coração que, entretanto, já tinham largado o tabaco e os restantes ex--agarrados de tudo. Havia candidatos a cantores que tinham ido a concursos de televisão. Traziam as namoradas especialistas em magia, mundos ocultos e espiritualidade, maquilhagem de sobrancelhas e redação de mensagens em iPhone, com *nails* pintadas uma de cada cor. As unhas iam crescendo e ficando sem cor junto à raiz, como os cabelos a precisar de tintura. Têm todos a pele tatuada com crânios e tíbias descarnadas, flores diversas, frases em idiomas desconhecidos e símbolos místicos ou o nome dos filhos que tiveram ainda adolescentes. Uma pele suja de tinta. Feia. Costumam contar moedas pretas para pagar os cafés. Havia mulheres cujo batom cor-de-rosa se ia derretendo com o calor da pele, seguindo o sulco das rugas que se estendem na vertical a partir do lábio superior. Olhavam à volta vagamente, com o silêncio dos resistentes, como eu. É impossível não as temer e respeitar em simultâneo. Essas mulheres. Havia muitos sem dentes nem vergonha nem escrúpulos. Os que chulam e os que são chulados. Os que se descontrolam e dizem palavrões. Os irracionais, os inoportunos. Os que aparecem quando não devem e só fazem asneira. Também lá andavam os retornados da minha infância, que acabaram por se adaptar ao velho mundo, casaram, tiveram filhos, descasaram, voltaram ao bairro, vivem em casa dos pais e veem os descendentes de vez em quando. São motoristas da Uber ou trabalham em restaurantes a servir às mesas. Alguns estudaram e conseguiram salvar-se. Vivem bem ou desafogadamente. É outra fauna. Todos calam os seus segredos. O seu lixo. Na véspera da morte hão de valer menos do que o copo de vinho barato que já não conseguem beber. Falhámos todos. Alguém nos sustente. Nos ature. O Estado, os ricos, os misericordiosos. Uma alma piedosa, de uma piedade que nós perdemos.

Ah, o Natal sempre me custou!

Bebi o café tardio, paguei-o ao balcão, regressei a casa, dei aos cães a comida que lhes fazia na panela e arrumei a cozinha.

Deitava-me de novo ao final da tarde. Gostava de escutar o vento abanando os estores, enquanto me ia deixando ficar pela penumbra dos lençóis. Ouvia o assobio da brisa, a respiração ruidosa do Revoltado e da Nossa Senhora, que ressonavam de leve e mexiam nervosamente as patas enquanto dormiam e sonhavam. Ouvia o estômago indigesto da terra que se revolvia lá em baixo. Ouvia perfeitamente, perfeitamente.

Gostava de dormir. Gostava dessas horas de paz em que se pode voltar ao lugar de onde viemos e onde vivemos outras vidas continuando a ser quem somos.

Levantava-me quando anoitecia. Escutava as notícias no rádio, comia, ia tratar dos gatos vadios do baldio e deixar restos de pão duro esfarelado aos pombos, em lugares precisos. Lugares secretos, meus e deles, onde sempre pude agir contra todas as leis, jamais as de Deus. Os animais são uma prioridade na minha vida. Não posso evitá-lo, tal como não posso evitar dormir ou lavar as mãos quando estão sujas. Fazemos coisas que, parecendo que não nos servem, são o sentido da vida. Para os alimentar há que trabalhar. Assim, esperava pelas horas ideais para mais uma volta aos contentores do lixo. Mas essa noite seria a de Natal. Não trabalharia. Caísse o sossego na Terra em nome das crianças que um dia nasceram. Em nome dos milhões de animais sacrificados que na ceia de Natal pousam em travessas sobre as mesas onde se celebra a vida.

Chacinados impiedosa e friamente.

Para que em cada lar possamos rir-nos, abraçar-nos, manifestar o nosso amor familiar e fraternal alimentados pelo seu sangue.

O submundo do Natal: a dor milenar dos que não têm voz, apenas o mesmo Deus mudo.

Caixotes

Nesse Natal de 2018 pensei que já cá estava há mais de meio século. Era obra. Quando somos novos achamos que vamos durar para sempre. Nunca seremos velhos. Temos consciência de que há pessoas que morrem. Os nossos pais vão a funerais. Mas isso são os outros.
 Fiz o balanço da minha vida e descobri que não tinha vivido muitas coisas. Não conheci o mundo, como sonhei. Nunca viajei. Vejo fotos de lugares em livros e revistas. Continuo a regalar-me com essas imagens e a sonhar com esses lugares. O deserto de Atacama. A Antártida. A Amazônia. O Rio de Janeiro. Calcutá. A Muralha da China. Viajar é um luxo. Arrependo-me de não ter podido fazê-lo. Teria de ter outra vida. Mas não posso trocar. Não quero. Tenho tanto nesta.
 Ignorei a data de aniversário, como sempre faço, e dei a volta habitual pelos contentores. Encontrei um espelho de toucador picado de bolor. Uma coroa de louros em latão dourado que formava a moldura. Uma matrioska. Uns carrinhos de brincar em madeira, iguais àqueles com que brinquei em criança. Um frasco de perfume de mulher da marca Lady Million, intacto dentro da embalagem, que alguém não gostou de receber do Pai Natal.
 Lady Million! Todos sonham com o seu milhão de qualquer coisa. Quem não deixa de levar milhões de quilos de caixas, papel e laços dos presentes são as camionetas do lixo. Mas desde que a troika arrasou Portugal o Natal nunca mais foi o

mesmo. O monte de lixo gerado pelas celebrações diminuiu drasticamente, tal como as luzes e decorações de varanda. As Lady Million já não conseguem atingir o *one hundred*. Tudo mudou, menos o marketing que continua a enfeitiçar almas.

    Guardei tudo isso. Sabia que voltaria a encontrar boas velharias perto do Ano-Novo. No dia seguinte ao Natal começam as limpezas que marcam o final do ano. Aguardava-as com expectativa.

Na manhã do dia 26 a minha vizinha não estava na janela. Estranhei. Fiquei pensativo. Descortinei o seu vulto à porta do prédio, do lado de dentro. Acenou-me.

    Aproximei-me. Vi-a de camisa de dormir e robe, despenteada, com o rosto húmido do suor, apesar da manhã gelada. Aproximei-me da porta e empurrei-a para entrar. Ela deu um passo atrás quando entrei e disse:

— Peço desculpa. O senhor não me conhece e sei que isto parece estranho, mas estou doente e preciso de ajuda. Sou a sua vizinha aqui do lado.

— Não se desculpe — redargui.

— Estou cheia de febre. Não tenho termómetro. Nem medicamentos. Devo ter, mas não sei onde. Não quero ir ao hospital. Pode ajudar-me?

— Posso. Não esteja aqui a apanhar frio. Vá para dentro. Vou a casa pousar as coisas e já lhe toco à campainha. Dê-me cinco minutos.

— Mas não traga os cães. Tenho medo.

— Esteja descansada.

— Fui mordida três vezes.

— Certo.

Vi-a entrar. Escutei tossir lá dentro. Abri a minha porta e pousei os sacos. Os cães procuraram de imediato a tigela de água. Tirei a caixa dos medicamentos do armário. A mulher estava febril, mas eu tinha tudo. Uma pessoa que vive sozinha tem de pensar nas emergências. Tem de estar prevenida. Ela deveria sabê-lo. Tinha de levar paracetamol e, pelo sim, pelo não, antibiótico. Febre. Infeção. Antibiótico de largo espectro. Amoxicilina, sem hesitar. Podia não ser apenas gripe. Não era preciso ser médico para chegar à amoxicilina. Agarrei em duas caixas e disse ao Revoltado e à Nossa Senhora, "o dono já vem". Fechei a porta, atravessei o patamar para o lado direito e toquei à campainha.

Ela abriu lentamente, envergonhada.

— Não repare — desculpou-se. — A casa não está arrumada.
— Não se preocupe.

Assim que entrei percebi que o hall se encontrava atulhado de caixas, caixotes e sacos de plástico. Amontoavam-se até ao teto, na parede da porta — invisível para quem estivesse de frente para ela, do lado de fora. A partir daí piorava. Mesmo que uma pessoa não quisesse reparar seria impossível. Caminhei atrás dela entre volumes encostados à parede. As caixas estavam empilhadas segundo tamanhos. Os sacos segundo cores. Os pretos ali, os lilases acolá. Bem no topo havia pequenos eletrodomésticos. Aspiradores. Torradeiras, máquinas de café e de sumo. Computadores antigos e ecrãs. Muitos. Cheirava a pó e a mofo, a papel velho, a pele e madeira sem polimento, tudo misturado. Era lixo, mas não um monte de lixo, literalmente. Havia ordem na desordem.

Entrámos no quarto e sentou-se na cama. Pedi autorização para lhe pôr a mão na testa. Fervia. Disse-me que tinha dores no corpo e que não conseguia mexer-se. Perguntei-lhe se tinha a certeza de que não queria ir ao hospital. Podia chamar um táxi e ajudá-la. Acompanhá-la. Ou telefonar para alguma clínica e tentar arranjar um médico que fosse a casa. Respondeu "nem pensar. Deus me livre". Pediu-me para lhe fazer chá. Levantou-se e foi comigo até à porta da cozinha. Disse-me que os fósforos estavam ali, o chá acolá, que procurasse em cima e por baixo das bancadas. Encontraria de tudo. Bules. Saquetas de English Breakfast. O fogão encontrava-se impecavelmente limpo e sobre a bancada de mármore via-se um açucareiro de porcelana e um saleiro antigos. A mesa era uma camilha, debaixo da qual se encontrava um banco de madeira pintado de branco, deixando ver anteriores camadas de tinta. Já tinha sido azul. Ali parecia tomar as refeições. Sobre o pequeno frigorífico empilhavam-se caixas de sapatos. No pequeno quarto, do tamanho de uma despensa, estava a cama de solteiro onde dormia e uma mesa de cabeceira com um candeeiro de leitura, tudo encostado à parede para poupar espaço. Pediu-me para lhe trazer mais uma manta que havia de estar na sala. Na sala, uma mesa de madeira quadrada com pilhas de folhas e jornais velhos, uma cadeira, um cadeirão de pele castanha muito ruça e caixas. Não vi mantas. Havia uma outra assoalhada. Abri essa porta: caixotes e sacos. Um armazém! Casa de banho: onde não houvesse louças sanitárias o espaço estava aproveitado com caixas e caixinhas. Ela vivia no espaço entre o fogão e a mesa, na cozinha; na cama do quarto onde dormia, e nos dois metros quadrados que distavam entre a mesa e o cadeirão perto da janela, na sala. Ao longo do apartamento estendia-se o trilho por onde circulava. Observei o cenário em silêncio. Parecia um décor de cinema. Nunca poderia imaginar que na casa ao lado da minha existisse uma tal visão de apocalipse. Foi a palavra que me ocorreu. No corredor, sobre uma caixa, avistei uma manta amarela com flores verdes. As cores eram bonitas. Destacava-se do cataclismo ensacado e encaixotado. Levei-lha.

    Tinha de esperar que a água para o chá fervesse. Ia explicar-lhe como tomar os medicamentos e esforçar-me por sossegá-la. Parecia ser gripe. O que tinha trazido de casa servia perfeitamente. Perguntei-lhe:

— É alérgica a alguma coisa? Algum medicamento lhe deu efeitos estranhos? Já tomou antibióticos?
— Claro que já tomei antibióticos. Já tomei de tudo. Não sou alérgica a nada e só adoeço quando Deus me troca as voltas.
— Desta vez Deus pregou-lhe uma partida.
— Deve ter sido naquele café pestilento.
Eu sorri.
— Sim. Lá. De certeza.
Sentei-me no banco que me apontou, ao lado da sua cama, mas não conseguia esticar as pernas. Não havia espaço. Disse-lhe que preferia ficar em pé.

A casa estava abarrotada. Estagnada. Era um armazém onde alguém comia, dormia e permanecia à janela. As caixas pareciam fechadas há muito tempo. A fita-cola que as mantinha fechadas estava velha, ressequida. Ela não as abrira após a mudança. Não as abria há muito tempo. O que significava aquilo?

Perguntei-lhe:
— Precisa de ajuda para desencaixotar as coisas?
Não respondeu. Insisti.
— As mudanças são um pesadelo. Quando temos tudo fora do sítio nem sabemos por onde começar.
Continuou silenciosa.
— Se a vizinha precisar de ajuda já sabe. Esteja à vontade. Tenho muito tempo livre. Disponha.
— Essas coisas não são para desencaixotar — disse finalmente.
— Ah, é para ficar tudo nas caixas! — exclamei, incrédulo. E com a boca aberta levantei o braço esboçando um gesto que abrangia o amontoado de cartão e plástico que nos rodeava.
— Não faça essa cara. Tenho muitas coisas herdadas da minha mãe. Roupas, o recheio da casa. Recordações que não posso deitar fora. Também tenho de meu. Fui guardando. Casacos e sapatos. Coisas de casa e cozinha. Aparelhos que ainda hão de ser úteis. Fotografias que vou tirando, bem como os negativos

e rolos por revelar. Recortes de jornais e revistas. Livros. Se desencaixotar estas coisas, ponho-as onde?

— Estou a perceber — fiquei sem saber o que responder. — Mas tem mesmo muita roupa, coisas de casa e cozinha, aparelhos, fotografias e revistas!

— Se quer saber, tenho de tudo. O vizinho gosta de plantas, não gosta? Sei que gosta porque as tem no seu quintal. Imagino que precise de vasos. Eu tenho latas de diversos tamanhos que cumprem a função. Latas pequenas para os rebentos e grandes para quando as plantas se desenvolvem e precisam de ser transplantadas. Posso ajudá-lo a construir uma horta na cidade com estas modernices da permacultura. Você tem muito espaço atrás. Aproveite. Se quiser pode usar também o meu. Era da maneira que alguém me apanhava a erva. Se precisar de alguma coisa na sua casa é muito provável que eu tenha nas caixas. Garanto-lhe que há de haver medicamentos por aí. Só não sei onde.

Quem é que guardava latas em caixotes? Eu tinha hábitos bizarros. Sabia que os outros me viam com estranheza e desconsideração por andar ao lixo. Mas esta mulher estava uns bons degraus acima.

— Sabe que eu também guardo coisas — repliquei.

— Então não sei?! Mas de certeza que não tem os mesmos cuidados que eu. Posso morrer: se o vizinho abrir uma caixa qualquer sabe exatamente o que tem nas mãos, a quem serviu e para que função. Escrevi a história de cada peça em etiquetas que lhes colei. Embrulhei-as primeiro em papel e depois em plástico. Está tudo muito bem protegido.

Pensei no odor a humidade. Havia decomposição a acontecer naquele monte de sobras de vida. Não estava tudo muito "bem protegido".

— Mas era melhor a vizinha ir começando a abrir as caixas.

Ela continuou o seu discurso ignorando-me:

— Escrevi em papelinhos que embrulhei com cada objeto: "agulha de coser sacos, tapetes ou couro que a mamã herdou e que guardava na gaveta da máquina de costura, dizendo ser uma peça rara". Ou "passe de transportes públicos da Nani com o selo do último mês em que o usou, antes de ficar doente com o tumor nos ossos". São coisas do passado para o futuro.

— Para os seus herdeiros?

— Não os tenho.

— Mas o que quer que façam com as suas coisas? E quem?

— Não sei. Há de aparecer algum curioso, fascinado pelas histórias que as minhas caixas guardam. Desde que aproveitem, que não deitem fora...

— A vizinha acredita muito na sorte.

— Não acredito em nada.

Acrescentei matéria à conversa, para desfazer o embaraço do momento:

— Já que sabe o que eu faço deixe-me dizer-lhe o que penso sobre as coisas rejeitadas, deitadas fora. Aquilo que tem valor para nós não significa nada para os outros! O que acha que os filhos fazem quando os pais morrem e decidem limpar a casa onde os progenitores viveram? Lixo. Tudo. Sempre que morre um velho no nosso bairro é uma festa junto aos contentores.

— Isso é um imperdoável desrespeito pela alma dos mortos. Já basta a falta de atenção e valor a que os votamos enquanto cá andam — respondeu, séria. — Ao menos, quando morrem, rendamos-lhes homenagem. Pela falta que nos fazem e de que só nos apercebemos quando os perdemos.

Aquelas palavras doeram-me. Levaram-me diretamente à minha avó. Uma seta atirada ao alvo. Acertava em cheio.

A mulher estava doente e com febre. Melhor seria deixá-la descansar. Escutei borbulhar lá dentro. A água para o chá fervia em cachão. Levantei-me e dirigi-me à cozinha, percorrendo o desfiladeiro das caixas.

Tirei o fervedor da boca do fogão, coloquei a saqueta de chá no bule e escaldei-o com a água fervida. A bebida exalou o seu perfume. Bastava o odor do chá para uma pessoa começar a curar-se. Esperei um minuto que a erva abrisse e verti o líquido dourado na chávena. Olhei de novo à minha volta. Era bizarro que, embora a casa cheirasse a mofo e a pó, tudo o que era possível alcançar com os olhos estivesse impecavelmente limpo. O lava-louças, a bancada, o interior das gavetas. Até mesmo a superfície dos caixotes. Ela limpava o pó.

Regressei à sala com a chávena na mão e um pires com meia dúzia de bolachas Maria que encontrei dentro de uma caixa, no armário por cima do lava-louças. Disse-lhe:

— Beba o chá e coma as bolachinhas. A seguir vou dar-lhe antibiótico e tem de ter qualquer coisa para forrar o estômago.

— Você também saiu médico.

— Desenrasco-me.

— Não gosto de médicos. São quase todos frios e brutos. Você é gentil — e acrescentou: — Peço-lhe que não repare nas minhas caixas. Que não me julgue por elas. Sei que a minha tralha é um estorvo para toda a gente. Esqueça, se puder. Não queria incomodá-lo.

— Deixe isso. Está a ver estes comprimidos? Vai tomar um de doze em doze horas até acabar. E quando o chá arrefecer veja se consegue engolir um paracetamol, para lhe baixar a febre. Antes ou depois do antibiótico, tanto faz. Mas primeiro coma.

Era impossível esquecer os caixotes e ignorar o cenário que existia dentro da casa. Era impossível não a julgar, mesmo que não o pretendesse. Era impossível não especular sobre como se chega a um tal ponto.

Voltei nos dias seguintes. Concentrei-me nela. Esteve bem atacada pela gripe. Dormiu muito e comeu os caldos que lhe fui dando. Ela precisava de mim, o que me tornava útil. Para além disso, conhecê-la era uma desejável quebra na rotina.

Estive ocupado e impedido de dar as minhas voltas aos contentores, pelo que perdi o melhor lixo das limpezas de Natal. Paciência. Vão umas coisas, vêm outras.

Todos os dias eu tocava à campainha, ela saía da cama, abria-me a porta e voltava a deitar-se. Mas custava-lhe. Passou-me a chave para facilitar as deslocações. Levei quatro caixotes do seu quarto para o meu apartamento sob o pretexto de que precisava de espaço para me sentar enquanto a tratava e falávamos. Cedeu. Expliquei-lhe que no futuro poderíamos começar a arrumação por essas caixas, se ela quisesse. Pediu-me que não tocasse em nada. Não gostava que mexessem nos pertences. Só ela conhecia a ordem. Respondi-lhe que podia estar descansada. A privacidade é sagrada. Não tocaria em nada.

Contou-me que antes de se reformar tinha trabalhado ao balcão de uma loja de tecidos e aviamentos, em Lisboa. Uma retrosaria. Gostava do que fazia. Eu gostava de a ouvir descrever o seu trabalho. Tirava das prateleiras a peça de tecido pretendida pelo cliente, descrevia a composição e a largura do material. Calculava quantas alturas seriam necessárias para o vestuário em questão, considerando o tipo de roupa e as medidas do manequim. Era muito importante respeitar o sentido do corte no tecido. Mesmo que o tecido fosse largo, se o sentido do corte não o permitisse, um vestido poderia precisar de três alturas. Mas o cliente é que sabia. Cabia-lhe sempre a última palavra. Ela apenas avisava. Media com a vareta métrica, cortava pelo fio sem estragar e seguia para os aviamentos: linhas, entretela, fechos, botões, molas, colchetes e forro. Eu maravilhava-me com a descrição dos pormenores e pensava que podia perfeitamente ter trabalhado nesta profissão. Eram narrativas bem coloridas, cheias de minúcias. A maior parte dos homens não atentava nos pormenores, mas eu apreciava-os.

A minha vizinha tinha um metro e oitenta. Muito direita. De cabeça sempre erguida. Parecia a professora de um severo colégio inglês muito antigo. Dizia-me que ser muito alta a tinha favorecido na profissão. Dava-lhe vantagem. Todos os lojistas a queriam. Era uma espécie de escadote humano. Os patrões precisavam dela para chegar à prateleira mais alta sem ir buscar os degraus auxiliares. Até se podia dar ao luxo de ser menos simpática com os clientes. Estava defendida pela altura. Não a despediriam.

Orgulhava-se de ter guardado todos os retalhos de tecido que os patrões lhe ofereceram ao longo dos anos, bem como os novelos e meadas de fio em algodão e em lã. Tudo o que não tinha serventia para venda. Tricotava e crochetava todos os dias. Fazia meias e mantas. Entretinha-se e criava riqueza. Não oferecia nada a paróquias nem entregava para a caridade, em África, porque tudo se desviava nessas terras, acabando por cair em mãos erradas. Guardava tudo nas caixas. Um dia alguém precisaria. "Imagine que vem para aí uma catástrofe e as fábricas deixam de funcionar!" Poderia fazer camisas ou saias com os retalhos de tecido, mas para isso teria de encontrar uma costureira. Já eram raras. Pressupondo que até encontrasse uma que não fosse metediça, porque essas nem pensar, teria de autorizar que lhe tirassem as medidas com a fita métrica e não gostava que lhe tocassem. Sentia-se desprotegida. Envergonhava-se. Os retalhos e as linhas estavam muito bem nos caixotes. Se ela não os aproveitasse, alguém aproveitaria. Ainda não tinha feito testamento, mas iria fazer. Sem falta. Porque nunca se sabe.

— A vizinha acabou de me dizer que não tem herdeiros... — exclamei, sem me conseguir controlar.

— Não tenho, mas hei de ter. Vou tratar disso — e continuou impassível: — Está aí muita riqueza. A minha mãe, que era costureira, é que saberia dar bom uso aos retalhos. Costuraria mil coisinhas que haveria de inventar.

Tinha arranjado emprego na retrosaria em Lisboa porque era a loja onde a mãe se aviava. Precisavam de alguém para atender ao balcão e ela, que seguia há anos os passos e gestos da empregada e do patrão, pensou: "Eu sei onde está tudo". Ofereceu-se e ficou.

Estudou até final do liceu, mas não seguiu para a universidade. Não era como nos dias de hoje.

— Antes do 25 de Abril só estudavam as raparigas mais ricas e mesmo assim não todas. Primeiro estava a constituição de família. Eu e a minha mãe não tínhamos possibilidades. Eu precisava de ganhar um salário para ajudar nas despesas da casa. O dinheiro sempre escasseou. Comecei por lhe entregar o ordenado inteirinho, assim que o recebia. Mas a minha mãe foi ficando cada vez mais incapacitada para coser à máquina devido às artroses. A coluna vertebral a colapsar. Sofria dores como se a serrassem. A medicação para a doença de nervos que ganhara após o abandono do meu pai deixava-a lenta, com a voz empastada. Não suportava vê-la naquele estado. Não queria que ela trabalhasse mais. Eu trabalharia. E assim foi. Assumi o governo da casa.

Cuidou da mãe até ela morrer com um ataque de coração alguns meses após o divórcio. O pai não veio ao funeral. Estava certa de que ele a tinha matado daquela maneira que não deixa traços, em que até parece que uma pessoa morre de morte natural. "Os homens não prestam. Você desculpe, porque é homem, mas é o que lhe digo: não prestam."

Não sabia do paradeiro do pai nem lhe interessava. Provavelmente continuaria por França, bem da vida. Ou num lar francês. Não tinha pai. Era assunto fechado.

Nunca casara. Não tivera sorte ao amor, exatamente como as mulheres da minha família. Apaixonara-se pelo filho mais novo do patrão da loja. Um fulaninho baixote que lhe dava pelos peitos e passava as tardes no fundo da loja, onde se situava o escritório e armazém, e com quem namorava de fugida quando tinha de ir procurar artigos para apresentar aos clientes. Uma outra cor ou tamanho que era preciso ir buscar lá dentro. Aproveitava as idas para desviar o aprendiz de advogado da papelada do pai e trocarem carícias e beijos clandestinos. Ela esforçava-se por recomendar aos clientes padrões, cores, larguras de tecidos e outros aviamentos que implicariam deslocação "lá dentro". E ele estaria "lá dentro" à espera de migalhas. Isto durou um ano. "Parece pouco tempo, não parece? É o suficiente para mudar a vida de uma pessoa para o resto dos seus dias." Ela não conhecia nada do amor nem imaginara vir a apaixonar-se por um gnomo pálido de olhos azuis, meio gorducho, parecido com o d. Sebastião nas ilustrações dos livros de história de Portugal. Um pãozinho sem sal que pouco passava do metro e sessenta, com as costas cobertas de pelos louros, como um gato.

O d. Sebastiãozinho deixava-lhe bilhetes dobrados na bolsa exterior da malinha de mão que ela pendurava no cabide dos fundos da loja, à chegada. Ela ansiava pelo final da jornada para se consolar lendo as suas palavras sedutoras. Sabia escrever com despudor e elegância sobre "o enorme desejo de percorrer com os lábios os seus peitos delicados" e sobre "a possibilidade terrena, mas eterna, de sermos uma só carne, um só sangue". Parecia-lhe amor. Via futuro naquelas palavras. E o seu corpo queimava solitariamente num incêndio que a devorava e acalmava. Era amada.

Mas o reizinho tinha noiva. Filho da mãe! Andava com ele na universidade. Colegas de curso.

Dizem que os grandes amores acontecem sempre sem querer. Mas não deve ser verdade. Também os há que começam forçados e pequenos. Tudo é possível neste mundo de Deus. O noivado com a colega de curso era decididamente forçado. Uma conveniência para agradar aos familiares. Ele havia de se fartar. Tudo tem o seu termo quando não é verdadeiro.

Quando começou a gostar dele sentiu que o amor era ao mesmo tempo uma emergência como a fome e a dor. Só tinha sentido o mesmo quando a mãe morreu. Um gancho espetado no centro do peito que é melhor lá continuar, porque se o tirarmos morremos. Uma falta impossível de preencher.

Os fins de semana sem o ver custavam-lhe. Ofereceu-se para ir trabalhar gratuitamente ao domingo e adiantar a arrumação das peças que iam chegando dos fornecedores durante a semana. Para que o patrão não desconfiasse disse-lhe que podia recompensá-la quando chegasse o Natal e a Páscoa. O forreta acedeu. No final de julho, numa ida ao armazém, segredou ao d. Sebastião, "no mês que vem podes vir ter comigo à loja aos domingos. Vou cá estar a trabalhar o dia inteiro". Ele pôs-lhe a mão na cintura e sorriu.

Durante o agosto ardente ela trabalhou todos os domingos com paixão centrada na euforia da sua chegada e na fúria pela sua ausência. Ele não tinha tido coragem para lhe revelar, mas o domingo era o dia em que ia namorar a colega da faculdade. Ia mostrar-se aos futuros sogros. O grande traste ia protagonizar o noivo. Faziam patuscadas, passeavam. Conviviam na esperança da família que se tornariam. Estavam os dois quase a acabar o curso e quando terminassem todos esperavam que juntassem os trapinhos e montassem um escritório com o nome de família: Sebastiõezinhos Advogados.

Ele apareceu no último domingo de agosto ao início da tarde. Sabia que ela o tinha esperado nos fins de semana anteriores. Desculpou-se. Justificou-se. Explicou-lhe que se tinha visto obrigado a simular uma indisposição para ter direito ao domingo. Inventara que as refeições da véspera lhe tinham caído mal. Abusara. Ficara desarranjado e cheio de vómitos. Enquanto o escutava, ela concedeu que os vómitos se justificavam no contexto de um namoro tão desafortunado de afeto como o dele e desejou acreditar nas suas explicações. Ele estava ali. Estava ali para ela. Tinha fugido ao convívio pré-nupcial com a outra. Era um forte sinal do seu amor.

Nesse dia, o d. Sebastião não usou a secretária do escritório do pai. Encaminhou-se para a cama onde ele dormia a sesta. Era um pequeno leito desdobrável, coberto com uma colcha multicolor crochetada pela mãe dele em solteira. Servia de assento e de cama. Sentou-se ao lado dela. Sorriu sem malícia. Enlevado. Despiu-lhe a blusa, abotoada à frente, devagarinho. Botão a botão. Entre cada botão beijava-lhe a boca. Nunca tinha sido beijada daquela maneira. A saliva dele tinha sabor visceroso. Não era bom nem mau. Eram beijos de carne. Carne com fome de carne.

Ele contemplou a pele do seu peito com fascínio, controlando o desejo que o ateava. Encantou-se com os seios quase rasos. "São perfeitos", exclamou. O deslumbramento que ele revelava perante a sua escassa feminilidade compensava-a pela falta de estima pessoal que dedicava ao corpo. Considerava-o desajeitado. Via-se ao espelho como um trambolho. Não tinha ponta por onde se pegasse. Mas para ele sim. Beijava-a e apertava-lhe os braços e a cintura. Avançou, passando a mão pelo contorno dos seus peitos. Aflorou os seus pequenos mamilos marrons, debruçou-se e roçou neles o nariz e os lábios, cheirando-a e revestindo-lhe o peito com uma segunda pele feita da sua saliva, enquanto dizia, em voz baixa, sem a olhar nos olhos, como se fosse apenas algo de que precisasse de se lembrar: "Não te quero desonrar, não te quero desonrar...".

Ela não compreendeu a sua preocupação. O que tinham, afinal, andado a fazer nos meses antes, nos fundos do armazém? Por que pensava ele que ela tinha arranjado forma de se encontrarem sozinhos na loja, pedindo para trabalhar aos domingos a troco de uma vaga e incerta generosidade do patrão? Para conversar? Perder aquilo a que ele chamava honra era o que ela mais desejava. Tomou a iniciativa de se desenvencilhar da saia. Baixou as cuecas de algodão branco e esperou a sua reação. Ele não se retraiu. Era fácil desassossegar um homem. A Nani já lho tinha dito. "Eles não resistem. Nenhum." Era verdade.

Ele inclinou-se sobre o seu peito, mordeu-lhe os mamilos, esfregou-se nela e procurou a entrada do seu corpo, liquefeita, que atravessou com os dedos e manuseou consentidamente. Concentraram-se na obra comum, fora de si, alheados do espaço e do tempo, pronunciando palavras de que não voltariam a lembrar-se, por não saberem o que tinham dito, apenas o que haviam sentido.

Por fim, ele ergueu a cabeça e suspirou. Ficaram em silêncio, cobertos de suor, até que ele repetiu:

— Eu não te desonrei.

Levantou-se, abotoou a camisa e a braguilha, vestiu o casaco e declarou que estava na hora de se ir embora. Alguém podia ir à sua procura. Tinha de estar em casa.

Ela permaneceu na posição em que ele a deixara. O peito despido. As pernas descompostas. Com vontade, ainda. Disse-lhe, apenas:

— Mas vais agora? Já?

Sim. Naquele momento. Tinha de ser. Não podia correr riscos.

— E quando voltamos a encontrar-nos?

— Qualquer dia. Quando tiver uma aberta — respondeu enquanto saía do escritório...

Ficou deitada sem reação. Ele havia de voltar noutro dia. Noutra ocasião que ajustariam. Tapou-se com a manta. Adormeceu. Quando acordou era noite. Vestiu a saia e a blusa, que abotoou até acima. Quanto mais botões apertasse, mais ele teria de desapertar da próxima vez e cada botão valia um beijo.

Não voltou a pedir para trabalhar aos domingos. Ficou à espera do homem que havia de ser dela, que havia de tornar ao armazém. O que tinham vivido juntos teria de se repetir até ao final das suas vidas. O amor sabia bem. Podia usar outro verbo, mas este bastava. O amor dava sustento e era doce como pêssegos maduros com o sabor acre que alguns tinham. Como os damascos. A desonra, como ele dizia. Ele tinha de a completar com a desonra. Que delícia agridoce estaria aí guardada? Queria ser a mulher mais desonrada à face da Terra.

O patrão agradeceu-lhe muito o trabalho. Tinha o armazém num brinco. No Natal não se esqueceria de lhe oferecer um bom cabaz e mais qualquer coisa. Disse-lhe que a considerava da casa. Da família. Que no que dependesse dele, nunca ficaria desamparada. Nessa altura imaginou que o d. Sebastião se tivesse confessado ao pai. Quis contar-lhe tudo, mas não teve coragem. Ele era o patrão. Eram todos patrões. E mesmo que o d. Sebastião tivesse trocado ideias com o pai, a verdade é que nunca mais voltou a aparecer na loja nem mandou recado.

Em seu lugar, um mês depois, veio a noiva acompanhada pela mãe. Duas senhoritas cheias de salamaleques. Contaram que tinham ambos concluído com sucesso os últimos exames da faculdade. Ela e o d. Sebastião. Iam casar até março e formar família. A primavera é quando tudo se renova: augura uma feliz união. Vinham escolher o tecido para mandar fazer o vestido de noiva. Traziam a revista com o modelo. Queria cetim imaculado e rendas. Metros de tecido. Queriam flores de tule branco para uma grinalda. Queriam botões de pérola. Acabamentos dos melhores. Queriam o raio que as partisse. Olhou para a colega Nani, que sabia de tudo e disse-lhe:

— Atende tu as senhoras porque estou com uma quebra de tensão!

Foi para o armazém, abriu a porta do escritório do patrão sem autorização, atirou-se para a cama desdobrável onde não foi desonrada e chorou humilhação e raiva. Ficou prostrada o resto da tarde. A Nani foi vê-la. Disse-lhe:

— Não desanimes que até ao lavar dos cestos é vindima. — As palavras da Nani não a animaram. Não respondeu. Não reagiu.

A colega voltou ao balcão e justificou-a aos patrões.

— Está com a tensão muito baixa e cheia de dores. Coisas das mulheres.

Compreenderam. O patrão manifestou a intenção de a levar a casa no carro quando fechasse a loja. Disse à Nani que se a colega precisasse de alguma coisa era só dizer. Podiam passar na farmácia, a caminho.

* * *

Os meses seguintes foram duros. Os preparativos para o casamento avançaram. À hora do almoço, nos dias em que trabalhava, sentava-se no armazém e comia uma sanduíche de ovo, atum ou presunto mais uma peça de fruta, bebia um copo de água da torneira e ficava almoçada. A seguir pegava na máquina fotográfica e saía da loja. Entre as 13h20 e as 14h45 passeava-se pela Baixa, passando o tempo livre a fotografar, hábito que ganhou com a Nani, cujo pai tinha uma loja de retratos, e andava sempre com a máquina pendurada ao pescoço. A Nani valeu--lhe de muito. Quando morreu ficou verdadeiramente só. Sem confidente. Restava-lhe a fotografia, que, sem perceber, se tinha transformado numa forma de terapia.

Chegado o mês de março, o d. Sebastião casou com a Sebastiona e passou a ser de outra, contra o seu íntimo desejo e planos. Nunca recuperou disso. Esse casamento foi a sua condenação.

E nada mais a vizinha me disse sobre o assunto. Explicou-me a parte da fotografia com entusiasmo, esquecendo o d. Sebastião advogado e respetivo casamento, que a condenaram. Esquecendo a condenação, a fotografia tinha passado a ocupar os seus dias. O seu interesse. Registava momentos anónimos que ficavam eternamente marcados no tempo e no espaço.

Pessoas em movimento. Gestos inapercebidos que realizam. Olhos vazios ou carregados. Corpos sentados nas esplanadas ou encostados às paredes colhendo o sol ou fugindo do mau tempo. Crianças brincando. Rindo ou chorando. Pessoas sozinhas. Pensativas. Alheadas. Aliviadas. A luz pousada nos muros. Um velho deitado no passeio. Uma mulher alimentando pombos. Gestos apanhados a meio. A insatisfação intrínseca.

— Quando somos jovens está sempre na moda ser-se artista, e a fotografia era simples. Não exigia técnica de mão, como o desenho: só equipamento e enquadramento. Era importante escolher o tipo de rolo para ambientes mais escuros ou com mais luz. E ter olho, claro. Discernimento. Eu ia vendo os livros de fotografia nas livrarias e percebendo como fazem os outros. Ia ganhando o jeito. Fotografava o exótico, o curioso, a novidade, a diferença! Gostava de ver as minhas fotos?

— Claro que gostava, vizinha. Tem-nas perto?

— Estão por todo o lado. As caixas que levou para sua casa devem ter rolos por revelar. Sabe que a revelação sai cara. Nem sempre podia fazê-lo. Não tinha orçamento. Era preciso esperar. Mas as fotos foram feitas. Capturei os momentos. E o que está feito não se pode apagar. Um dia, com tempo, hei de pôr-me a isso. Se o vizinho conseguir tirar dali aquela caixa mostro-lhe o interior.

Apontou uma caixa de cartão onde se lia detergente Omo. Alcancei-a e coloquei-lha em cima da cama. Levantou-se e sentou-se. Dela retirou quatro álbuns volumosos. Estivemos cerca de uma hora a ver fotografias. Ela sabia explicar onde as tinha tirado e porquê. Eram fotos a preto e branco, na maioria. Retratos. Alguns tinham sido feitos com o consentimento dos fotografados, outros conseguira-os em movimento, de passagem. Eram boas fotos de pessoas muito baixas ou muito altas, muito magras ou muito gordas, muito feias ou muito bonitas, muito brancas ou muito pretas, descaradamente malvestidas ou exageradamente aperaltadas. O cidadão ordinário não lhe interessava o suficiente. Havia muitos quadros da vida urbana apesar de tudo. Vendedores. Pessoas a atravessar ruas. E os gatos que ia vendo nos seus passeios pela hora de almoço. Escondidos, vigilantes ou adormecidos.

— Gosta de gatos! — disse eu.
— Não.
— Tem tantas fotos deles.
— A minha mãe teve uma gata.
— Então teve gatos e brincou com eles — afirmei.
— Só lhe disse que a minha mãe teve uma gata.
— É impossível não ter brincado com a bicha.

A conversa dos gatos não lhe agradou. Respondeu, enquanto virava páginas do álbum, sem me olhar diretamente:

— Lembro-me de ver a gata a arrastar a barriga e de ter parido. Mas nunca tivemos gatinhos. A minha mãe levava os recém-nascidos ainda quentes para o quintal e afogava-os num balde com água gelada. Quando os recolhia, umas horas depois, pareciam uma esfregona de carne. Ia tudo pela pia abaixo.

Arrepiei-me. Desviei a conversa.

— Beba mais chá, vizinha. Não lhe trouxe bolachas porque não havia no armário. Mas posso ir buscá-las a minha casa. Não tenho grandes guloseimas, mas há sempre uns biscoitos feitos por mim, pão e compota, se quiser.

— Isso não me apetece. Só se fosse algum bolinho.
— Posso ir comprar.
— A sério?
— A sério. Com muito gosto. Quer um bolo de arroz, um queque, um mil-folhas? Também costuma haver palmiers e pastéis de nata ou de feijão no café. O que é que lhe apetece mais?

— Um quequezinho. Ou um bolinho de arroz. Veja lá. Eu não gosto de cremes.

— Volto já. — Levantei-me para ir ao café.
— Traga-me o porta-moedas que está em cima da mesa da sala para lhe dar o dinheiro, por favor.

— Deixe isso, vizinha. Ofereço eu. Beba mais um golinho de chá e descanse.

Encaminhei-me para o café a pensar na sua vida de empregada de retrosaria, no infeliz encontro com o d. Sebastião e na história dos gatos.

Entrei no café. Comprei os bolos desejados. Pedi uma bica e sentei-me na esplanada, pensativo.

Tanto desencontro e crueldade. Tanta dor. O que as pessoas faziam umas às outras e aos animais, com completa insensibilidade, revolvia-me o estômago. Tinha de controlar a raiva e a tristeza que acordava em mim. Talvez a minha relação com o meu pai pudesse ter sido mais pacífica se ele não tivesse sido tão frio e duro com o meu Cristo.

E quando pensei no meu pai e no Cristo veio-me tudo à memória, de borbotão.

Responsabilidade

Encontrei o Cristo no atalho pelo terreno baldio, que percorria todos os dias entre o nosso bairro e a escola. Foi em dezembro de 1974 e eu tinha nove anos.

O percurso pelo baldio era mais rico de entretenimento do que o da estrada principal, monotonamente cruzada por autocarros e veículos apitando e esfumaçando. No baldio não havia monotonia, mas histórias. Os ciganos apanhavam ferro velho que para ali se atirava. Cadeiras partidas, carcaças de eletrodomésticos avariados, portas e janelas. Namorados escondiam-se. Havia homens parados, olhando quem passava com olhos fixos. Havia brigas, lama, poças com girinos que se transformavam em sapos e buracos no chão de onde saíam exércitos de formigas. Havia gatos vadios, ratos e lagartixas. Os meus colegas ali brincavam à guerra e matavam e morriam. As raparigas não iam para o baldio, a menos que fossem marias-rapazes certificadas. Tinham de ter realizado feitos exclusivos do mundo masculino, e de preferência melhor que os rapazes. Com mais eficiência, mais rapidez e uma convicção inquestionável. Eram raparigas admiradas, embora ninguém quisesse namorar com elas.

Na primavera, as flores silvestres, brancas, lilases, amarelas, depois as papoilas vermelhas desembrulhando-se do casulo onde amadureciam, cobriam aquele abandono, enfeitando-o. Estávamos na periferia da cidade, mas parecia o campo. No outono, o baldio acobreava-se. As cores quentes transformavam-no num mundo filtrado, irreal, que nos influenciava. Ficávamos contemplativos, sentados nos troncos sem falar, apenas sentindo a brisa. No inverno, a natureza recompensava o terreno com verdes e minúsculos pontos de cor. Pequenas flores a que ninguém ligava. Vegetação que teima em existir, que resiste ao frio. O baldio ressequia no verão. Sem água, tudo morria. Só as raízes e bolbos permaneciam enterrados, sequiosos da frescura das manhãs, aguardando a mudança de estação.

Há muito tempo que eu queria um cão e o pedia aos meus pais. Sem sucesso. O meu pai não queria. A primeira vez que falei no assunto, ele respondeu "nem pensar". Nunca esqueci a conversa.

— Porquê? — perguntei, inconformado.

Explicou.

— Eu também quis um cão. Pouco mais velho era do que tu agora, e tive-o. Chamava-se Açor. Era um animal cinzento, arraçado de galgo, elegante e veloz. Parecia voar quando corria. Quando regressei do seminário para as férias do Natal, num sábado antes do almoço, não o encontrei. Era inverno como agora. Um frio e um gelo que não imaginas. Disseram-me que andava saído com o cio, atrás de uma cadela de outra quinta, à porta da qual fazia esperas. Ao terceiro dia de ausência pus-me à procura dele. Após rápida inquirição, soube pelos vizinhos que tinha morrido umas semanas antes, atropelado por um camião. Mostraram-me a berma da estrada onde havia sido enterrado; tinham-no atirado para um buraco aberto à pressa, sem mortalha. Imaginei-o debaixo de terra, empapado de lama. — Nesse passo, o meu pai arrepiou-se e encolheu-se. Recompôs-se, endireitou as costas, respirou fundo e concluiu: — Escuta bem, José Viriato, foi um golpe igual ao de se perder um grande amigo. Um irmão.

— O cão é para mim. Não é para ti! — retorqui.

— Não sejas insolente — exclamou, e continuou o discurso, agitado, batendo com a palma da mão na mesa, no final de cada frase, como se lhe impusesse uma pontuação, pretendendo tirar-me da cabeça tais ideias.

— Moramos num apartamento, José Viriato.

Palmada leve.

— Não temos condições para ter um animal em casa.

Palmada assertiva.

— Ainda não tens idade para saber tomar conta de um cão.

Palmada dupla só com a ponta dos dedos.

— Eu trabalho, a tua mãe trabalha e tu vais para a escola. Quem olha por ele?

Sete pancadas explicativas marcadas com os dedos.

— Mais te digo: um cão prende-nos.

Palmada firme.

— E no final só temos desgostos.

Pancada de punho fechado.

— Eles morrem antes de nós.

Pancada com a mão ligeiramente aberta.

— Temos de ser racionais quando tomamos decisões.

Palmada pragmática.

— Isso não é uma má ideia: é uma péssima ideia, José Viriato.

Palmada ponto parágrafo.

— Digo-o para teu bem.

Pancada final.

Ficámos em silêncio.

Eu repliquei em voz baixa:

— Quero um cão.

Fitou-me e rematou num enunciado quase desfeito, como um pensamento que se verbaliza sem querer:

— É melhor esqueceres isso. Não vai acontecer. Ainda hoje sinto na boca o sabor das lágrimas que chorei quando o Açor morreu.

Estávamos sentados à mesa da cozinha onde tomávamos as refeições e conversávamos. Tínhamos acabado de jantar empadão com salada de alface, prato que a minha mãe fazia muito, porque naquela casa ninguém tinha tempo para grandes culinárias. Era refeição que se podia guardar e reaquecer. Levantou-se, mais desgastado com a conversa do que cansado do trabalho, de onde acabara de chegar, e foi refugiar-se no seu canto da sala, embrenhando-se na leitura da edição francesa de *História da grande revolução socialista de outubro*, obra imprescindível para se perceber quem tinham sido os bolcheviques e os mencheviques, bem como Kerensky, "pequeno-burguês que chegara a primeiro-ministro após os czares, e o inderrotável Lênin de *Um passo em frente, dois passos atrás*, que é como se chega à vitória. Época complexa da história, repleta de fases atribuladas que é necessário contextualizar e compreender, para não se julgar apressada e erradamente os pressupostos da Revolução Socialista, como o fazem os anticomunistas primários que por aí andam espalhados. O salazarismo soube semeá-los, regá-los e fertilizá-los. Quem é que os erradica, agora? Só se fores tu, no futuro. Olha que isto não te ensinam na escola. Preocupa-te em aprender o que interessa".

Estas eram as conversas que agradavam ao meu pai: política, história, arte e gramática. O resto evitava.

Ficou claro para mim que o meu pai, ao perder o Açor, tinha sofrido um enorme desgosto que silenciara. Tinha perdido uma parte de si que nunca recuperara.

Nessa noite, a minha mãe acabou de arrumar a cozinha e foi sentar-se junto dele, corrigindo e classificando trabalhos. Era uma mulher otimista e diligente. Não tinham muito em comum, é verdade, e o divórcio já se encontrava em marcha, embora nenhum de nós o soubesse ainda. Era apenas uma ideia que já lhes atravessara a mente.

Ouvi-a dizer-lhe:

— Magoaste o miúdo. Não é justo que transfiras para ele as tuas dores.

— Não lhe disse nada de mal. Eu gosto de animais, mas um homem não se faz com cãezinhos.

— Também não deixa de se fazer com eles. Tens sempre demasiadas certezas, Eduardo! Foi a forma como lho disseste, mais do que o conteúdo.

O meu pai ruminou palavras impercetíveis e a noite gastou-se.

No aniversário seguinte ofereceram-me um cãozinho de peluche.

* * *

Na tarde de inverno em que encontrei o Cristo, a primeira segunda-feira antes das férias de Natal, ele olhou-me com olhos pedintes e não lhe resisti. Os olhos dos cães dizem muito. Dei-lhe a minha sandes de queijo. Abocanhou-a e foi comê-la longe e escondido.

No dia seguinte voltei a encontrá-lo, como esperava. Levei-lhe restos do nosso jantar do dia anterior. Esperei que comesse. Comecei a ganhar a sua confiança. Percebi que se acoitava num buraco escavado num emaranhado de arbustos. Era uma toca de terra e folhas secas. Resolvi esperar pela sexta-feira, último dia de aulas antes das férias, para o levar para casa. A sexta era o dia ideal. Nas semanas seguintes ficaria o dia inteiro com ele e habituá-lo-ia a viver dentro de casa.

Mas na quarta-feira não veio ao meu encontro. Avistei-o perto da escola, estendido na berma do carreiro. Vi-o ao longe, murcho. Estranhei. Quando me aproximei, percebi. Estava ferido! Tinha um buraco numa perna, outro na barriga e um corte no pescoço. Via-se a carne viva.

Os retornados da minha turma vinham mais atrás, no carreiro, na algazarra do costume. Evitava-os. Andavam em grupo e só arranjavam sarilhos. Achavam-se melhores do que toda a gente. Chamavam-nos saloios. Diziam que já tinham visto tudo e que até sabiam matar. Ensaiavam golpes fatais de kung fu. Armavam emboscadas nos corredores da escola. Lutavam atrás dos pavilhões pré-fabricados. Improvisavam metralhadoras com réguas e cabos de madeira e simulavam machetes com lâminas de zinco que roubavam nas obras. Roubar era o seu passatempo. Se alguma coisa desaparecia, se uma lâmpada aparecia partida tinham sido os sacanas dos retornados. Os adultos diziam que eles andavam de barriga cheia e não tinham respeito por nada. Tinham vindo para Portugal roubar trabalho e oportunidades. O Estado dava-lhes alojamento e subsídios a que nós não tínhamos direito. Tudo para quem já vinha do bem-bom das Áfricas. O meu pai não gostava deles.

Quando encontrei o cão ferido não me interessava se quem vinha atrás eram os retornados. Eu precisava de ajuda. Os retornados rodearam-me, quando viram o cão. Não foi preciso dizer nada. Quem é que tinha feito mal ao bicho? Iam descobrir e esmigalhar-lhe o carro, a mota ou a bicicleta. Ou partir os vidros das janelas de casa. Quem é que tinha atacado o animal? "Bestas. São umas bestas!" Tive de os acalmar, dizendo-lhes que o importante era salvar o cão. Eis um verbo que fazia parte do seu vocabulário usual: salvar, atacar, fugir, esconder, defender, emboscar, atirar, queimar, cortar, matar. Os retornados eram isto. Cansava.

Dois deles ficaram comigo junto ao Cristo e quatro foram arranjar um carrinho de mão a um canteiro de obras. Levantámo-lo do chão com muito cuidado, depositámo-lo no carrinho com cimento ressequido colado ao metal e transportámo-lo até à entrada do meu prédio. Os retornados foram irrepreensíveis. Gostavam de cães. Era o seu ponto fraco.

Faltei à escola nesse dia. Levei o Cristo para casa e fiz-lhe uma cama numa caixa de cartão forrada com mantas velhas que desviei do armário da minha mãe.

Encostei a cama dele à minha, de maneira que estando deitado pudesse tocar-lhe, e pousei-o no ninho que lhe tinha feito.

Disse-lhe "lindo, lindo". Ele acalmou. O pior veio a seguir. Fui à casa de banho buscar o álcool que lhe verti na ferida. A dor causada fê-lo levantar-se e voltar-se contra mim, desnorteado. Mordeu-me a mão.

Fiquei sentado na cama, olhando para ele, meditando. A situação tinha-se complicado. Os cães mordiam. Era a sua defesa. Ele estava mal e não me atrevia a tirá-lo do canto onde se refugiara. Queria-o à mesma, não interessava se me tinha mordido.

Podia mover a caixa para um sítio onde ele se sentisse mais protegido, o que fiz. Encostei-a ao vão da janela, meio tapada pelo cortinado. Escondeu-se nela. Aninhou-se. Percebi que receava que voltasse a tocar-lhe, que lhe fizesse mal. Os bichos não reconhecem os benefícios da medicina. A aplicação de remédios implica uma tortura que só a razão pode aceitar. A razão dos animais é diferente da nossa. É uma razão-coração indistinta.

Disse-lhe, desesperançado:

— Eles estão quase a chegar. Tenho de pensar no que fazer — mas deixei-me ficar sentado. Imóvel. Meia hora depois ouvi chaves rodar na fechadura.

Era a minha mãe, com a mala da escola numa mão e o saco das compras na outra. No instante em que entrou e fechou a porta, o cão assustou-se, levantou a cabeça e ladrou fraco, uma única vez. A minha mãe largou o que trazia e precipitou-se para o meu quarto.

— Ai, José Viriato, nem penses numa coisa dessas! O teu pai não vai permitir! — Sentou-se ao meu lado, com um ar desolado, tentando convencer-me, sem estar convencida, de que o cão teria de voltar para o lugar de onde viera. Ela conhecia, melhor do que eu, a previsível reação do meu pai. Tinha-se habituado a lidar com a sua casmurrice, antecipando-lhe os pensamentos e decisões, contando-lhe apenas o que ele suportava ouvir, o que as suas emoções masculinas aceitavam. Chamava a isso "ter-lhe respeito". Não lhe mentia. Apresentava verdades parciais. As que ele tolerava sem discutir. — Os homens não têm jogo de cintura — defendia.

— O que é jogo de cintura?

— Não sabem adaptar-se. Estão habituados à sua liberdade de homens e não sabem como se vive sem ela, como se transcende a impossibilidade de ser livre.

Eu ficava a pensar naquilo. Também não compreendia a explicação.

— Os homens não aguentam a verdade. Temos de lha ir apresentando aos poucos, de uma forma que pareça que são eles que a descobrem sozinhos.

A única coisa que conseguia entender é que a minha mãe não tinha grande fé nos homens.

— Eles enfrentam poucas dificuldades ao longo da vida. Elas é que nos aguçam o engenho, compreendes?

— Eu sou homem, mãe.

— Isto não tem a ver contigo. Tu és de outra geração. Tens obrigação de ser melhor. O teu pai é que ainda é dos antigos — e exclamou: — O que tem vantagens e desvantagens.

— Quais vantagens?

— A retidão, por exemplo — respondeu prontamente. — Pode parecer uma virtude muito fria, mas pelo menos é igualitária, o que num mundo de classes e hierarquias, como o nosso, é sobremaneira estimável. Não há por aí muita gente reta, José Viriato.

— Não percebo se o que sentes pelo pai é respeito ou medo — concluía eu.

Estava a acabar de o dizer quando se ouviu o barulho das chaves do meu pai.

O Cristo já não se manifestou. Eu e a minha mãe ficámos paralisados em silêncio tenso. Escutámos os passos do meu pai ao longo do corredor. Cerrei os olhos nesses segundos que pareceram muito tempo. O meu pai parou à porta do meu quarto, admirado com a quietude da casa, e contemplou o cenário sem compreender. O seu olhar foi pousando sobre cada um dos elementos daquele palco.

Juntou as peças e exclamou:

— Ah! Um cão!

Baixei a cabeça. A minha mãe respondeu por mim:

— O animal está ferido. O miúdo trouxe-o para casa. Quer ajudar o bicho.

Eu acrescentei:

— Quero ficar com ele.

O meu pai pousou a mala e encostou-se à parede, com um ar levemente irónico.

— Conhecendo-te, estava capaz de apostar que até já lhe deste nome — afirmou.

— Sim — respondi. — Cristo. Chamei-lhe Cristo.

Ele sorriu e assentiu, exclamando:

— Belo nome! Um cristo que é cão e, como se não bastasse, preto!

Continuou.

— Estás a ver, Madalena, cá em casa não sou o único livre-pensador. E anticlericalista. Bem-vindo ao clube, José Viriato. Cristo é melhor nome do que Farrusco, deixa-me dizer-te. Quando damos nome a alguém devemos pensar se se lhe adequa.

Adiei a pergunta sobre o que significava ser livre-pensador e anticlericalista. Eu apenas gostava de animais. De todos os animais. Até dos ratos do baldio, que outros perseguiam para torturar e matar. Eu brincava com eles.

— Cristo? — interrogou a minha mãe, indignada, olhando-me com apreensão. — Não podes chamar Cristo a um cão. Que heresia! Não digas isso a ninguém.

— Porquê? — questionei.

— É um desrespeito pelo caráter sagrado da figura. Cristo é Deus. Não damos o nome de Deus às criaturas. Não podes chamar Nossa Senhora a uma gata ou a uma cadela. Os cães chamam-se Faísca, Tejo, Pirata, Bobi, Joli... não se chamam António nem Emília e muito menos Cristo ou Moisés.

Eu não entendia. Porque é que não se podia chamar António a um cão e Faísca a uma pessoa? Regras sem sentido! Os índios tinham nomes retirados da natureza, como Lua Cheia e Corça Furtiva. Para mim, sr. Faísca de Oliveira Santos ou sra. Laica Silva Lopes seriam nomes normalíssimos. Havia uma reserva de espécie para a onomástica humana, mas não chegava ao mundo vegetal, porque as pessoas podiam chamar-se Rosa, Margarida, Jacinto e Narciso. Estive quase para responder à minha mãe, mas calei-me. Assuntos delicados seriam fonte de desentendimento entre os meus pais. Não me atrevia a aflorá-los. Nem era preciso. O meu pai retorquiu de imediato, o que agravou a situação.

— Por que não haverá o rapaz de pôr-lhe o nome que quiser, Madalena? Heresia é aceitares a hóstia dessa padralhada que promove a esmola resultante do suor de quem tem fome, de quem trabalha sem direitos, para se encher de riqueza, enquanto colabora com os fascistas e os defende, como sempre fez. Heresia é a forma como vos controlam o pensamento. O miúdo tem discernimento. Tu é que te desrespeitas, dando crédito a inimigos da revolução e oponentes do progresso. O 25 de Abril acabou de nos livrar de um regime alimentado por essa ditadura moral que ainda veneras. Não te bastou o que tivemos?

O caldo estava entornado, mas, quanto ao cão, a sorte estava do meu lado. Tinha escolhido o nome certo. Nada tendo planeado, afinal saíra-me bem.

Eu gostava do meu pai, apesar da sua severidade. Ele procurava a verdade. A imparcialidade. Tudo o que ele representava me interessava. Escutava as suas conversas, mesmo quando ele julgava não estar a ser ouvido. Nada do que fazia me era alheio. Desejava ter a sua convicção e paixão pelas ideias políticas. Por outro lado, ambicionava ser intuitivo e misterioso como a minha mãe. Acho que desejava ser a perfeita mistura de ambos. Eram a minha grande escola, o meu modelo. Nada do que eu era podia escapar a essa matriz.

A minha mãe, mulher esclarecida, mas crente, perante o provocador ateísmo do meu pai, não se conteve.

— Cristo não é culpado do que fazem em seu nome. A Igreja é uma instituição gigantesca. Como o teu partido. Cometem-se erros. Não há nada nem ninguém perfeito. A diferença entre nós, Eduardo, é que eu não ironizo com as tuas convicções. — Levantou-se, voltou-nos as costas e refugiou-se na cozinha.

Enquanto o nome do Cristo gerava contenda, o meu era consensual. A todos parecia normal que eu me chamasse Viriato, José Viriato. Ninguém questionava, porque não andavam na escola e não tinham os colegas com a troça afiada. Não faziam ideia de que herdar o nome de uma figura histórica me expunha à piada fácil. Eu possuía o nome do líder dos lusitanos que se opôs à ocupação romana, assunto já muito distante na nossa história para poder ser tratado com solenidade. As pessoas não podem chamar-se Afonso Henriques ou Átila ou Maria Antonieta sem um custo. Havendo necessidade de me picar, era por aí que pegavam: "Então e os tomates, Viriato, esqueceste-te deles em Viseu?".

José Viriato era um nome antiquado. Viriato era como se chamava o meu padrinho de batismo, amigo de faculdade do meu pai. Fui registado com o seu nome, o normal na minha geração. O meu padrinho tinha, de facto, origem na localidade de Viseu, terra onde há mais Viriatos por metro quadrado do que em qualquer outra região do país. O nome acabou por parecer oportuno à minha família, por eu ter nascido prematuro, como resultado de uma queda da minha mãe. Era véspera de Natal e iam a caminho da festa da família. A humidade do pavimento transformou-se numa película de gelo. A minha mãe escorregou, caiu, e romperam-se as águas. Nasci nas primeiras horas do dia 25 de dezembro, embora estivesse aprazado para fins de janeiro. Alguém terá dito: "Veio fraco, mas há de ser teso como foram os lusitanos. Com o tempo ganhará forças. Há de ser um grande doutor e encher-nos de orgulho".

Ganhei forças, sem dúvida. O espírito dos lusitanos abençoou-me fartamente, tendo-me atribuído um apetite voraz, que me ajudou a medrar. "Este rapaz é mamão", queixava-se a minha mãe. Quanto mais o prematuro mamava, mais crescia e mais fome manifestava. Quanto mais comia, mais energia ganhava para se movimentar, até já ninguém conseguir ver nele o bebé nascido antes do tempo. O meu pai não se pronunciou sobre a onomástica. O amigo Viriato era boa gente antifascista; tinha vivido na clandestinidade com uma companheira. Para o meu pai chegava. A minha mãe exigiu o José, para estabelecer relação com a sua mãe Josefa. Assim fui registado nos últimos dias do ano de 1964: José Viriato. E saí isto.

Tive sorte com o Cristo. No dia em que se inteirou dos ferimentos do cão, o meu pai respirou fundo e exclamou:

— Se queres mesmo ficar com o animal, tens de o levar ao veterinário. Já. O bicho está numa desgraça. Deve ter sido uma briga valente. Se não o tratas, não se salva!

— Quero mesmo — respondi, entusiasmado, escondendo a mão mordida no bolso das calças.

— Então mexe-te.

Ele já ia de costas a caminho da sala quando lhe pedi:

— Podes levar-me lá?

Voltou-se, encarou-me e respondeu, sereno e firme.

— Para a semana fazes dez anos, José Viriato. Foste homem para o trazer para casa sem ajuda e não és homem para o levar sozinho ao veterinário? Eu, na tua idade...

Ouviu-se a minha mãe na cozinha:

— O miúdo nunca lá foi. É longe e já é tarde.

O meu pai fez um sinal de assentimento. Corri para o quarto, para vestir o casaco e preparar o Cristo.

O meu pai foi à cozinha e ouvi-o dizer à minha mãe:

— Ter um cão é uma grande responsabilidade. Ele fez uma escolha. Tem de aprender a honrá-la.

— Sim, mas não deixa de ser uma criança e precisa da nossa ajuda.

— A piedade só nos enfraquece. Nunca serias um general romano, Madalena.

— Eu não queria ser um general romano nem cartaginês nem chinês. Garanto-te. Detesto a guerra.

A argumentação dos adultos aterrorizava-me. Quem é que queria viver a vida deles? Quem é que podia desejar ser adulto e meter-se num jogo tão difícil?

O meu pai foi chamar-me ao quarto. Eu estava preparado. O cão ia ficando cada vez mais morrinhento. Já não levantava a cabeça. Peguei no mártir ao colo, com medo de o magoar e que pudesse morder-me de novo, mas esse perigo tinha passado. Estava mole. Aconcheguei-o nos braços.

— Vamos — disse o meu pai, e fui atrás dele.

O meu pai informou-se com a d. Rosa do minimercado e ficou a saber que o veterinário vivia no primeiro andar da clínica, na rua da cooperativa. Quando chegámos já tinha fechado.

O meu pai estacionou o carro à porta, saiu e tocou à campainha. O dr. Salvador assomou à varanda. Sim, era uma urgência. Desceu ao rés do chão, abriu e mandou-nos entrar.

— O que é que aconteceu ao bicho?

— O miúdo conta-lhe — respondeu o meu pai.

Contei.

O doutor mandou-me pousar o Cristo na marquesa. Observou-o cuidadosamente. Avaliou o estado das feridas e a sua quantidade. Tirou-lhe a temperatura. Fez uma careta. Pronunciou-se.

— Viste por lá outros cães?
— Não. No baldio só andava este.
— Dizes que estava abandonado?
— Há sempre cães abandonados no baldio. Comem restos que lhes damos.
— Terá sido bulha? — perguntou o meu pai.
— Pode ter sido muita coisa — respondeu o doutor. — Vamos ver.

Fez o ponto da situação:
— Tem três cortes largos no pescoço, um buraco na barriga e falta-lhe um naco de carne na coxa. Perdeu muito sangue e está cheio de febre. Precisa de ser estabilizado e logo a seguir anestesiado e operado. Ainda esta noite. Se se safar, vai receber antibiótico e analgésico por via intravenosa, pelo menos uma semana. — Explicou-me o que era intravenosa.
— Vai ter de ficar com drenos nas costuras, por alguns dias. — Explicou-me o que era um dreno. Conseguia ter graça no meio do desastre que relatava.
— Depois, olha, rapaz, com o andar da carruagem, logo se vê. Já ouviste dizer que carne de cão cura depressa?
— Três dias! — exclamou o meu pai.

Uma coisa era certa: tinha ali trabalho de sobra. Não era impossível consertá-lo. Logo se veria como ia reagir. Se tudo corresse bem, o bicho só poderia de lá sair "escrupulosamente medicado", sem esquecer a muda de pensos até se verificar uma "efetiva cicatrização".
— Consegues dar conta do recado? — e olhou para o meu pai.
— Consigo — garanti. E olhei para o meu pai, que se mantinha em silêncio.
— Então, deixa-me ver o que consigo fazer — rematou o doutor, e saiu da sala para ir preparar remédios e seringas.

O meu pai fechou-me uma nota na mão e disse-me:

— Vai ter comigo ao carro, quando isto acabar.
 Enquanto preparava os instrumentos, o doutor foi falando:
— Já tiveste algum cão?
— Não. Mas há muito tempo que peço um.
— Ter um cão vai complicar-te um bocado a vida. Sabes disso? Não é só a comida. Tens de o levar à rua. Dar-lhe banho, tirar-lhe os parasitas com um produto que se põe na água. Isso é só na primavera, quando ele já estiver bom. Se tivermos sorte. Tens de o levar para ser vacinado contra a raiva. Todos os anos. É obrigatório.
— Eu levo.
— Um cão é uma grande responsabilidade. Vem aqui muita gente que não merece os animais que tem. Os animais precisam de cuidados.
— Eu sei isso.
— O que é que tens na mão? Ele mordeu-te quando o agarraste, não foi?
— Fiz a ferida a brincar com a navalha.
— Para que andas tu com uma navalha? És algum desordeiro?
— Não sou, mas tenho de me defender dos outros, na escola.
— Quais outros?
— Os retornados...
— Esses! Têm o rei na barriga! — exclamou o doutor. — Até os da tua idade! Uns vândalos. Ocuparam para aí umas casas vazias... vêm acossados, é certo. Têm uma carrada de cães. E protegem os vadios! Nem tudo é mau, se formos a ver bem. Vê-se que era gente habituada a ter outra vida! Mas têm de se adaptar. E tu não andes de navalha. Isso não é para rapazes como tu. Entende-te com eles a bem.
— Eles ajudaram-me com o cão.
— Estás a ver? É o que te digo. Não há mal sem bem.
 E o dr. Salvador ficou em silêncio, alguns minutos, pensativo, recordando os escuros sobressaltos que assaltaram a sua

vida de rapaz, na adolescência. O que nos faz guardar uma navalha no bolso, a segurança que nos dá poder tocá-la e saber que está ali preparada para as lutas que vierem. Sempre pronta, um instrumento que serve para tudo. Uma arma útil e letal. A vida dos rapazes está cheia de ímpetos. Alguns deles completamente selvagens, nascidos do fundo não se sabe de onde. Precisam de se defender. E desejam atacar. O desejo. Lembrou os verões em que, sentado na varanda da casa onde nasceu, no Alentejo, olhava as mulheres que passavam para a lavoira e as desejava. Teria sido capaz de lhes matar os maridos para as possuir? Talvez tenha pensado nisso. Pelo desejo fazemos tudo. Odiava os homens delas, enegrecidos pelo sol e pela bruteza, e sonhava rebolar-se no pasto com as mulheres risonhas, de olhos vivos e passos rápidos, que o provocavam sem palavras, só com o olhar cravado no "patrãozinho". Não é que odiasse esses homens no trato normal. Não, senhor. Era boa gente, trabalhadora, prestável. Gente simples, sem maldade, com a qual conversava e aprendia. Mas o desejo tem um lado escuro onde nenhuma luz chega. E aí vive, escondido e selvagem. Nesse tempo, a violência do desejo assombrava-o. Interrogava-se sobre se os outros também se confrontavam com pensamentos inconfessáveis. Estariam manchados como ele, estragados, impuros? Incapazes de confessar estes pensamentos? Sem palavras para os descrever?

Como é possível alguém alimentar nostalgia pelos primeiros anos de vida? Quem pode desejar regressar à violência de um tempo em que se sentiu tão só, atirado para um mundo brutal, repleto de códigos e segredos? De tudo se ignora a origem e o sentido. Tudo é dúvida, perplexidade e incerteza!

Interrompendo a meditação, o doutor perguntou-me:

— Mas vais mesmo ficar com o cão? O teu pai já te deu autorização?

Mostrei-lhe a mão na qual mantinha a nota fechada e disse-lhe:

— Foi o meu pai que me deu.
— Está bem. Mas agora guarda isso. Vai andando e deixa-me trabalhar. Isto demora. Volta cá amanhã por esta hora, para vermos que milagres consegui eu fazer. Amanhã é que ficas a saber o teu futuro — exclamou, rindo, imitando os gestos de um mágico. Sorri também, tapando a boca com a mão, envergonhado com o alívio que senti, apesar de tanta carne lacerada. Se o doutor era capaz de brincar, se colocava a hipótese de eu ter de o vacinar e tirar-lhe os parasitas, era porque havia salvação.

Regressámos a casa. A minha mãe fritara peixe, que acompanhava com arroz de tomate. O meu pai sentiu o odor e balbuciou:

— Outra vez xaputa frita, Madalena... — Ela lançou-lhe um olhar gelado.

Sentámo-nos para jantar. O meu pai perguntou-me:

— Então, conta lá, finalmente, onde é que encontraste o cão? Como é que foi isso?

— Foi no baldio que atravessamos a caminho da escola. Naquele sítio onde jogamos à bola. O Cristo apareceu lá esta semana, com fome, e tenho-lhe dado restos do lanche. Hoje encontrei-o ferido, deitado no carreiro. Eu sabia que não querias que o trouxesse para casa, mas tive pena dele. Não sabia o que fazer. Só pensei em acudir-lhe. Depois apareceram os retornados e ajudaram-me.

— Tinha coleira? — perguntou o meu pai.

— Não tinha nada.

Animei-me com o seu interesse. Contei-lhe a história toda. Como me senti condoído. Como ao chegar ao nosso prédio fiquei à entrada, com o Cristo e os retornados, à espera de que eles viessem do trabalho. Não queria levá-lo para cima sem pedir autorização. Mas os vizinhos iam chegando e começaram a enxotar os retornados. Houve problemas. Palavrões. O ambiente começou a ficar mau, por isso tive de subir com o Cristo.

Não lhes disse nada sobre a mordida e a dor aguda na mão, que mantinha escondida.

— Dás-te com os retornados? Afasta-te dessa gente.

— Não dava, mas agora com o cão ficámos amigos.

— Grande amizade! — ironizou o meu pai. E lá veio a sentença, porque os adultos terminavam sempre as conversas com uma. — Bem, José Viriato, às vezes temos de tomar decisões difíceis, e por vezes contra a vontade daqueles de quem gostamos. Foi o que fizeste ao trazer o cão para casa. Não me respeitaste. Cães são para quem tem quintal e não é o nosso caso. Tu sabias o que eu pensava. Já tínhamos falado sobre este assunto. Agiste contra a minha vontade, mas agiste. Isso tem valor. É de homem. É de louvar. Reconheço-o. Cabe-te, agora, mostrar que o és mesmo, assumindo as responsabilidades de um dono. Assumi-las inteiramente. Gostes ou não. Doa ou não. Não se pode voltar atrás. Estás a perceber-me?

Fiz que sim com a cabeça.

Levantou-se da mesa e disse-me:

— Agora vai deitar-te. Amanhã ainda tens escola. O cão cura-se, vais ver.

Desta vez a minha mãe tinha-se enganado. O cão não ia voltar para o lugar de onde tinha vindo. O meu pai fez-me sentir importante. Útil. Fez-me sentir que dentro de mim havia um homem. Claro que eu conseguia fazer coisas de adulto.

Não sei se ao longo dos anos traí o meu pai com a minha forma de ser. E agora não o saberei nunca.

* * *

Voltei a pensar na minha vizinha. Que raio me atraía naquela mulher já reformada, mais velha, com estranhos hábitos? A sua excentricidade tinha um lado cómico. Tudo nela era diferente. Ela era um mistério. Sentia uma curiosidade natural pelo seu comportamento e aspeto. Como todos os outros. Escutá-la, estar na sua companhia aliviava a minha solidão. Precisamos de alguém com quem falar. Não interessa de quê. Precisamos de uma voz humana. Se calhar, a solidão não é tão natural como toda a vida pensei, mesmo que a tenhamos escolhido racionalmente. Conscientemente. Se calhar não é o melhor caminho. Se calhar não conseguimos evitar o gregarismo, acima de todas as ideias e filosofias. Não temos ciência para viver sozinhos sem dor. Podia ter andado enganado. Não me agradava ter de o admitir. Não estava a admiti-lo. Lançava hipóteses, era só isso.

Segui matutando nas suas histórias. O amor da juventude. Os gatos mortos. Havia ali uma obsessão tortuosa. Uma ferocidade inexplicada. Havia, sim. A casa onde ela vivia atulhada de caixotes misteriosos adensava o enredo. Aumentava o meu fascínio. Era difícil ignorar tudo aquilo.

Levantei-me e dirigi-me a casa. Ia levar-lhe os bolinhos e tratar da minha vida. Ela já estava melhor. Mais dois dias e podia sair da cama.

Atrás de mim ficaram os frequentadores do café. A malta do costume. Percebi que se calaram no momento em que me levantei e atravessei a esplanada, despedindo-me com um "até amanhã". Responderam e mantiveram-se calados enquanto me afastava. Um silêncio carregado de sorrisos cúmplices e maliciosos. Eu conhecia bem o ambiente. Nas costas de outros sempre vi as minhas. Metros adiante percebi que tinham começado a falar. Não conseguia escutar as palavras exatas, apenas o ruído vago das vozes. A toada. Sabia que falavam sobre mim. Imaginava o que diziam. Sempre o pior. O pior nunca nos desilude. O que os outros pensam ou dizem de nós é só deles. Seja o que for.

Nada disto eu ouvi. Mas imaginei-o. Sei que foi dito. As palavras proferidas podem diferir na forma mas não no conteúdo. É assim que se fala no Colina.

— Ouviste o gajo ao balcão a dizer que os bolos são para a Matadora? Mora na casa ao lado e está doente. Ele veio comprar-lhe bolos. Querias, não querias?
— O que eu quero é notas de quinhentos.
— Deve andar a comê-la.
— É certinho.
— Ela dá cabo dele num instante.
Riram trocistamente.
— Quanto apostas em como no Ano-Novo ainda os vemos a beber café juntinhos aqui na mesa ao lado?
— Não dura muito, está descansado. Ela enfia-lhe o veneno no café e o gajo quina.
— Ao menos não é panasca. Menos mal.
— Não sabes. Eles enganam. Vai investigar. Aposto que estás desertinho.
— Estás-te a passar?
— O gajo não tem mulher. Não tem filhos. Sai às tantas da noite. A minha patroa diz que anda ao lixo. Eu nunca vi nada.
— Vi eu. A carrinha da obra passa lá em baixo a recolher-nos às seis e quarenta e cinco. Já o vi chegar a essa hora carregado com sacos e os cães atrás.
Uma senhora atravessou a esplanada e ouviu a conversa. Advertiu-os:
— Deixem o homem em paz!
— Oh, d. Céu, você é que está bem!
— Por que diz isso?
— Porque está sempre no céu, senhora. Até quando dorme.
Eu sorri. Tenho a certeza de que não imaginei esta conversa.
Entrei em casa da minha vizinha e deixei-lhe os bolinhos em cima da mesa de cabeceira. Agradaram-lhe.
— Coma e descanse. Vou indo. Volto amanhã.

* * *

Não voltei exatamente. Houve uma alteração dos planos.

No dia seguinte era véspera de Ano-Novo. Nessa madrugada aproveitei para dar a primeira volta aos contentores desde que ela tinha ficado doente. Recolhi antiguidades e coleções: álbuns de cromos, de selos, coleções de pagelas de santos e postais ilustrados, revistas e livros. Uma preciosa coleção de objetos da Expo 98: desdobráveis e bonecos. O boneco do Gil de vários tamanhos, o Gil em esferográficas e galhardetes. Alguém tinha resolvido deitar fora as coleções. Encontrei pequenos bibelôs dos anos 70 e 80. Um gato em porcelana chinesa com uns vinte centímetros de altura, assinado à mão na base com caracteres mandarins, que devia valer uma fortuna se o levasse a uma loja de antiguidades. Boa colheita. Ano-Novo, vida nova. Para mim tudo igual. A mesma rotina. Chegar a casa, os cães irem beber água, eu sentar-me a estudar os objetos, depois deitar-me, acordar, vestir-me, fazer o primeiro café, seguir até ao Colina no rasto do segundo. Inteirar-me do dia, encontrar gente pelo caminho, entabular conversa miúda, e regressar. Os dias repetem-se. A vizinha era uma exceção. No alvor dessa manhã recebeu-me à porta vestida e penteada e com o melhor sorriso de que era capaz. Declarou:

— Sinto-me melhor. Estou pronta para outra. Você foi impecável comigo. Tenho de lhe agradecer. E fico em dívida consigo.

— Não fica nada.

— Nunca devo favores.

Ignorei. Mais importante era preveni-la.

— É péssima ideia estar fora de casa, vizinha.

— Estava à sua espera.

— Esperava dentro. Pode ter uma recidiva.

Fiquei feliz por vê-la melhor, mas triste por saber que acabavam as longas conversas diárias no seu quarto. Estive quase a propor-lhe bebermos juntos uma taça de espumante nessa noite de passagem de ano. Ajudou a refrear-me pensar que ela se encontrava melhor, mas não curada. Ainda estava a tomar o antibiótico.

— Estou fina. Sabe-me bem respirar o ar frio. Só lhe peço que não deixe os seus cães chegarem-se a mim.

— Eles não têm qualquer interesse por si. Esqueça-os.

— É que tive más experiências com cães.

— Já mo disse. E não teve com pessoas?

— Viu mais alguém em minha casa?

Ri. Não resisti. O meu riso ecoou pela rua. Olhei em volta e vi o trolha sair do prédio a caminho do trabalho. Olhou para nós. Eu olhei para o relógio. Eram seis e quarenta. Um frio de quebrar pedra.

— Acabou de sair um dos nossos vizinhos. Já nos viu.

— Há problema?

— É daqueles que estão sempre no café e falam nas nossas costas. Aqui no bairro tudo o que sai da norma é assunto. Eu sou assunto. Você é assunto. Eu e você a conversarmos na rua a esta hora mais assunto será. Posso garantir-lhe que vai haver conversa no Colina.

— Podemos bem com isso.

— Podemos. Das alcunhas já não nos livramos.

— Conhece a sua?

— Imagino que seja panasca, paneleiro, pega de empurrão. Ou homem do lixo. Ou panasca do lixo, o que junta as duas ideias. Certo? E a vizinha conhece a sua?

— Também deve ser qualquer coisa fufa.

— É Matadora. Também já ouvi Mata Homens. Esmeram-se sempre.

Permaneceu uns segundos calada. Logo a seguir ironizou, mantendo um ar grave.

— Estamos bem um para o outro. O que é que uma fufa mata homens e um paneleiro que anda ao lixo fazem juntos? Têm um caso amoroso, uma paixão fatal? Preparam um ataque com uma bomba artesanal ao Santuário de Fátima? O bairro não descansará enquanto não descobrir. — Eu gostava desse seu lado de perfeita humorista.

Dei nova gargalhada. Ela continuou sisuda.

— A propósito do que agora me contou: o vizinho tem interesse em saber como vim parar a este bairro?

Pousei os sacos e respondi.

— Então não tenho?!

A vizinha Matadora obrigou-me a confirmar que queria ouvir a história.

Resumiu: tinha a ver com um amor do passado e com um acontecimento que originara a morte de um homem. A advertência entusiasmou-me por antecipação. Claro que queria saber tudo.

— Venha a história — exclamei.

E foi aqui que ela me falou do carro alugado para a perseguição, da falésia, do golpe de vento, da queda.

2.
Debaixo da terra

Os retornados

Passei o Ano-Novo recolhido, bem como o dia e a noite seguintes. Os dias festivos lembravam-me os meus pais e a minha avó. Não podia evitar. Esforçava-me por recordar os tempos passados em que celebrávamos juntos as festividades e nos alegrávamos. Tinha existido calor entre nós, na minha infância, e dele me alimentava nesses dias. Conseguia-o. Mas quando o dia acabava sentia-me coberto pelo véu opaco de tristeza que evitara durante as horas de luz. A minha avó!

Não dei a habitual volta aos contentores. Lavei roupa. Ordenei e limpei a casa. Arranquei ervas no quintal. Queria começar a preparar os canteiros para plantar cenouras, cebolas e ervilhas antes do final de janeiro.

Quando voltei ao bairro no final dos anos 80, na altura em que andava a fazer cursos do Fundo Social Europeu para me manter, um de manhã, outro à tarde, tive sorte em encontrar aquela casa de renda barata no bairro. Era um apartamento no rés do chão com quintal nas traseiras. Daí tirava muito do que comia. Couves, nabo, feijão-verde, cenoura, abóbora, o que plantasse e semeasse. Se cada pessoa tivesse direito à sua centena de metros quadrados de terra fértil dependeria menos dos poderes alheios. Excluindo os anos difíceis de seca, de temporal, em que teríamos de nos entreajudar. Mas se cada um plantasse aquilo que come seria mais livre. A liberdade não era um valor permanente nem absoluto. Não havia um único ser humano livre. Nem os viajantes sem destino. Todos temos uma prisão, por vezes secreta. Aquilo que ainda não se realizou. Aquilo que nunca deveria ter acontecido. Prisões simbólicas que as nossas almas habitam no silêncio.

O início da minha vida de jovem adulto tinha sido uma época de confusão e desencontro. Não me realizava a cumprir as rotinas da vida. O normal dos outros era para mim uma aberração. Perturbava-me contemplá-los resignados aos seus calvários. Arruinavam os corpos e as mentes numa labuta que lhes creditaria meios para comprar os analgésicos que lhes permitiriam continuar a arruinar-se. Era um círculo vicioso de sacrifício, dor e recompensa. A vida tinha de ser uma outra coisa.

O meu regresso ao bairro resultara de uma conversa com a minha avó, em que tínhamos chegado à conclusão de que eu tinha de seguir a minha vida pelos meus próprios meios. Era o correto. Não queria seguir a dos outros, certo, mas tinha de arranjar uma a meu gosto. Uma vida para mim. Que fosse capaz de aguentar. Já tinha mais de vinte anos. Tinha de me desenrascar. Tinha feito cursos do Fundo Social Europeu de técnico bibliotecário, de comunicação visual, de comunicação social, de desenho, pintura e escultura, de restauro e reciclagem. Perdi-lhes a conta. Eram pagos e eu precisava do rendimento para comer e pagar a renda da casa, ou seja, viver. Gostava de estudar. A dinâmica de grupo de estudo, da turma, era completamente diferente da do trabalho. Nesta esperava-se do trabalhador uma submissão que me era insuportável. Um vergar da cabeça e da vontade. O sim, senhor; com certeza, chefe; sim, patrão, como e quando quiser, porque quer e manda, porque o senhor paga e eu estou ao seu serviço. Impossível! Na escola, nos cursos, enquanto estudava eu tinha valor para os mestres. Havia regras a cumprir, mas estávamos juntos a aprender, havia esperança. O objetivo não era o dinheiro, mas a satisfação proporcionada pela aprendizagem.

Fazer os cursos do Fundo Social Europeu que a Europa dos ricos financiava ajudou-me a perceber que gostava de renovar, de recuperar, de restaurar. Tinha aprendido um conjunto de técnicas úteis para esse efeito. E a pouco e pouco comecei a encaminhar-me para lugares onde pudesse encontrar esses objetos. Rapidamente percebi que os que trabalhavam de cabeça vergada todos os dias abandonavam ao lado dos caixotes do lixo a matéria-prima que me ia salvar. Os restos dos outros. O que ninguém quer. O velho. O que não tem destino.

Assentei arraiais na casa da Margem Sul e fiz a minha vida vivendo desse lixo dos outros. Não tinha vida para apresentar a ninguém, mas tinha-a para mim, nos meus termos.

* * *

Eu tinha gostado de recuperar o Cristo, no passado. Ele foi sarando as suas feridas e eu a minha, por ele infligida, que curei com álcool e uma gota de tintura de iodo, aplicada com precisão na dentada, para ninguém perceber. Fazia o tratamento às escondidas. Se me distraía e alguém notava a mordida — um vizinho, a minha mãe — inventava uma história: uma vareta de metal com a qual tinha andado a brincar no baldio e que me picara. Um arame espetado que eu não tinha visto e no qual me magoara.

"Não se brinca com objetos pontiagudos. São armas. Tiveste sorte. Podia ter-te atingido os olhos. Vê se ganhas juízo." Ou "tens que ter mais atenção, rapaz!". Respostas certinhas e diretas como flechas. As pessoas não fazem apenas as mesmas coisas. Dizem sempre as mesmas frases, palavras, ditados e provérbios até ao infinito. Faca que corta o pão, corta os dedos. Quem lhe comeu a carne, que lhe roa os ossos. A cavalo dado não se olha o dente. Gato escaldado da água fria tem medo. Por esta altura, já eu tinha aprendido que, para viver em sossego, muito melhor do que mentir é disfarçar, dissimular, esconder, dizer o que esperam ouvir. Enquanto nos sentenciam com os lugares-comuns que conhecem, desabafam e acabam por deixar-nos em paz.

Cristo recuperou bem, como meu pai predisse: "Um rafeiro não se pode dar ao luxo de estar doente. Um rafeiro tem de sobreviver. É como quem não tem nada. O grande impulso da vida está nos mais desgraçados".

Um mês e meio após tê-lo encontrado no baldio já Cristo circulava livremente pelo apartamento, sem autorização para subir para sofás ou camas. No entanto, a casa era inteiramente nossa quando os meus pais saíam.

Tratei o Cristo com zelo. Administrei-lhe os medicamentos dissimulados em quadradinhos de carne. Levei-o aos pensos com a ajuda da minha mãe e passei depois a fazê-los sozinho em casa. Fiz-lhe os curativos nas feridas, que se foram transformando em crosta e secando, rapidamente, graças ao meu cuidado. A dentada que me deu acabou por sarar sem ninguém saber.

De noite, o Cristo dormia clandestino na minha cama, até à hora em que o seu instinto apurado percebia que um deles tinha acordado. Imediatamente saltava para a dele.

Eu gostava que ele dormisse comigo. Aquecia-me e aconchegava-me. Gostava de sentir-lhe a respiração. Ele virava-me as costas. Talvez o incomodasse o meu bafo humano. Dava-lhe beijos nas patas e no focinho, abraçava-o e ficávamos encostados como irmãos gémeos.

Quando acordava, durante a noite, procurava-o no escuro, com o braço, de olhos fechados. Encontrava-lhe o dorso, a cabeça, uma pata, que afagava. Aquele afeto confortava-me. Ele acordava ligeiramente do sono profundo e resfolegava.

Quando adormecia destapado, cobria-o com uma manta. "Estás frio." Gostávamos de estar sempre juntos. Ficávamos com a vida e os sonos misturados. Não era um rapaz e um cão, mas dois rapacães, uma só coisa de carne, sem género nem espécie, que falava a mesma linguagem.

Eu sabia que isto não eram gestos de homem, mas também não eram de mulher. Tinha de os fazer às escondidas, como se fossem um pecado. Por que é que beijar um cão era proibido?

Cristo nunca foi fácil. Nunca se tornou calmo e confiante. Tinha medo de tudo. Do elevador, do barulho de papel amachucado, dos estalidos do termostato do frigorífico ou de um lápis que eu deixasse cair enquanto fazia os trabalhos de casa. Qualquer barulhinho era suficiente para fugir da sala para o quarto ou do quarto para outro lugar qualquer. Comia com as patas ligeiramente afastadas da tigela, inseguro, desconfiado de que alguém pudesse aparecer para o sacudir, preparado para fugir em caso de necessidade. Vassouras e guarda-chuvas eram armas que temia. Receava gestos bruscos. A sua reação espavorida amedrontava a minha mãe e irritava o meu pai. Eu movimentava-me devagar, para não o assustar.

Foi-se acostumando às minhas mãos. Primeiro, só a ponta da cauda tremia, quando lhe fazia festas, mas conforme foi ganhando confiança já a alçava no ar, toda enrolada, a dar, a dar, quando caminhava ao meu lado. Quando me via entusiasmava-se. Empoleirava-se em mim. Seguia-me para onde quer que fosse, tão colado ao meu corpo que nem conseguia vê-lo. Ele não era a minha sombra, mas uma parte de mim.

Ao final da tarde, nos dias em que a minha mãe vinha mais cedo, ela abria-lhe a porta e deixava-o sair. Ele ia esperar-me à escola, entrando para o recinto, quando o contínuo se distraía. Ia receber-me à sala da minha turma, no pavilhão A. Quando o víamos deitado do lado de fora à espera que a última aula terminasse, começávamos a rir uns para os outros e arrumávamos o material, devagarinho, para os professores não perceberem. Pouco depois tocava. A hora de saída era quando ele aparecia.

Por sua causa fiquei amigo dos retornados, que, nesse ano, reprovaram quase todos. Não estudavam. Não levavam material. Respondiam mal aos professores. Eram expulsos da sala de aula e iam para a rua fazer desacatos. Diziam que já sabiam a matéria toda melhor do que nós, porque em Angola a escola era melhor do que cá. Tudo em Angola era melhor do que cá. Eu não desacreditava. Ouvia. Em alguns casos eles conseguiam ter positiva mesmo sem estudar. Dependia dos professores. Se soubessem levá-los a bem. Era preciso saber lidar com eles. Não os julgar. Tratá-los como rapazes normais, da metrópole, como eles diziam que não eram. Quer dizer, não eram da metrópole, mas tinham direitos como os de cá.

Eu passei do quinto para o sexto ano mas não houve prenda, como fora prometido. Nem bicicleta nem relógio. A minha mãe explicou-me que as finanças andavam "mal, muito mal, cada vez pior". Havia falta de leite, de azeite, de açúcar, e os preços subiam todos os dias. Ela trazia os nervos à flor da pele com o custo de vida. Eu disse-lhe que não precisava de nada. E era verdade: tinha o Cristo.

O que houve em lugar de prenda, nesse verão de 1975, foram umas calças, duas camisas de manga curta e umas sandálias castanhas. Tinha de ser, porque eu não parava de crescer. Precisava de roupa nova, por muito que pesasse no orçamento.

As discussões entre os meus pais foram-se adensando.

— Nunca paras em casa. Se o teu filho não fosse contigo para o trabalho não te tinha visto, nestas férias. Qualquer dia nem te conheço a cara.

— Eu também não te reconheço — replicava o meu pai.

Aquilo não tinha fim.

— Não sei o que vens cá fazer, Eduardo? Se é só para tomar banho e lavar a roupa, podes fazer isso lá por onde andas, de certeza.

— Não duvides — respondia.

A minha mãe emudecia e a conversa acabava. Limitavam-se a acertar a orgânica diária em função da minha existência. Eu justificava a sua união. De resto, cada um fazia a sua vida. A minha mãe, a da escola e a de casa; o meu pai, a do jornal e a da revolução. O meu pai andava louco com a política.

O verão desse ano de 1975 foi encrespado.

Eles acharam que nas férias me fazia bem ir com o meu pai uns dias por semana para o jornal, para ficar a conhecer dinâmicas sociais diferentes das do bairro e compreender o que era a vida dos crescidos. Eu gostava.

O jornal metia respeito. Era um edifício enorme, de seis andares, dividido em departamentos. A sala da redação principal parecia uma repartição de finanças sem guichês, cheia de movimento e ruído constante do matraquear de máquinas de escrever e de vozes. Havia gente sentada e gente em pé, gente que circulava, perguntava, relatava, escutava ou se exaltava. Eram, na maioria, homens de barba, com camisas de manga arregaçada, fumadores, suados e maldormidos. Havia mulheres, mas poucas e pertenciam a uma elite mais silenciosa e requintada. Não falavam alto, cheiravam bem e andavam sempre bem vestidas. As mulheres eram sempre mulheres e tinham cuidado consigo. Não me ignoravam e sorriam-me. As mulheres eram louça fina. Ocupavam-se das secções de cultura, educação, sociedade ou da política internacional, na qual eram grandes especialistas. Eu sentava-me junto delas, lendo os seus livros e revistas, ou perto dos ilustradores, desenhando. Ia ao centro de documentação buscar um artigo ou uma fotografia de que precisavam com urgência. Escreviam aquilo que pretendiam numa folha de papel de rascunho com o cabeçalho do jornal impresso, eu descia as escadas feliz por ser útil e entregava-a ao funcionário do arquivo. Voltava rapidamente com o documento na mão. Também gostava de me deslocar de secção em secção, de piso em piso, ajudando os contínuos a levar recados.

O meu pai era revisor de texto. Os erros ortográficos, a má colocação das vírgulas ou os erros sintáticos exasperavam-no. Ficava indisposto, revoltado. Desabafava que até os seus pais, sem estudos para além da escola primária feita com uma regente, que nem diploma de professora tinha, que nunca tinham largado a lavoura, conseguiam escrever em melhor português: "simples, é certo, mas saudável", o que era uma bendição. Escrever com a "mania da literatura", como ele dizia, mas "mal, malíssimo, sem conteúdo, como se fosse um lavar das mãos", era um flagelo. E lamentava que o jornalismo fosse um "esgoto de escritores falhados".

Discutia política com os colegas de forma inflamada. Respeitavam-no. Liderava assembleias de trabalhadores no jornal, e participava em manifestações na rua, por parte dos diversos setores da sociedade. Todos os dias tínhamos direito à nossa manifestação. Saía-se mais cedo do trabalho para ir para uma vigília noturna de apoio aos colegas da rádio, ou entrava-se mais tarde para ir sondar as intenções dos operários da siderurgia que tinham vindo manifestar-se a Lisboa, contra a vontade do PCP, partido no qual o meu pai estava filiado. Muitas vezes interrompia-se a jornada para nos juntarmos às manifestações de trabalhadores contra um ministro ou reclamando um direito laboral. Compensava-se depois. Ao fim de semana. Ou nunca.

Eu não percebia nada de política nem de revolução, nem me interessava. O que era o MFA, o COPCON, o MRPP, o PPD ou o MDP-CDE? Partidos desavindos?

O meu pai lia Karl Marx e Lênin e apoiava de coração o camarada primeiro-ministro Vasco Gonçalves. Levou-me com ele a um comício no Barreiro, onde conseguiu abraçá-lo e lhe disse emocionado, "temos de vencer isto, camarada. Temos de manter viva a revolução".

O meu pai dizia que tinha a sorte de nunca ter sido apanhado pela Pide, embora, de vez em quando, nos tempos de estudante, lhe tivessem arrombado a porta de casa à procura de propaganda que nunca aí guardava. Os comunistas, nas palavras do meu pai, queriam fazer de Portugal um paraíso socialista. Como Cuba, por que não? Seríamos todos iguais, com salário igual para trabalho igual, com acesso gratuito a todos os benefícios sociais, saúde, educação e transportes. Casas do Estado, eletricidade, gás, água e condições de vida asseguradas para todos os trabalhadores.

Foi um verão difícil. Os retornados chegavam em massa, bem como os seus caixotes. A censura com que eram recebidos e a condenação de que eram alvo ia subindo de tom. Um dia, os do meu bairro foram ao magote a Lisboa, com faixas e cartazes, para uma manifestação. Queriam reconhecimento, queriam indemnização pelo que tinham deixado em África. Tinham vindo "com uma mão à frente e a outra atrás. Só com a roupa do corpo". Repetiam essas frases amiúde. Tinham deixado tudo, e era muito. O meu pai estava vigorosamente contra eles:

— Reacionários. Fachos. Não sabem o que nós por cá passámos enquanto eles andavam no bem-bom a explorar os nossos irmãos africanos. Aliás, sabiam, mas deu-lhes jeito esquecer.

Eu não percebia de política. Não me sentia acossado como eles. Não procurava conflitos. Não tinha raivas particulares. A minha opinião sobre os retornados era fácil de explicar: eram portugueses que tinham vindo para Portugal, mas que na verdade eram africanos. Falavam um belo português pejado de palavras que tinham trazido de África, e comiam a mesma comida, mas não eram como nós. Tinham camisas feitas com tecidos em fantasia, étnicos, gostavam de comida picante e passavam a vida a falar de uma bebida que se chamava coca-cola. Detestavam Portugal e os portugueses, dos quais diziam mal a torto e a direito. Os portugueses eram fracos, cobardes e encolhidos. Eles eram decididos, confiantes e orgulhosos, apesar das dificuldades temporárias em que se encontravam.

Sentiam-se acossados e mantinham-se em posição de defesa. Não se resignavam nem permitiam que os rebaixassem. Não tinham medo. Viviam amontoados em casas pequenas, mas não tinham complexos. Eram casas sem condições, casas transitórias. Haviam de ter outras, muito melhores, iguais às de África. Haviam de isto e aquilo. Não lhes faltava alento, que era coisa que os de cá tinham menos. Os de cá piavam todos fino. Embora os retornados votassem os portugueses ao desdém, criaram uma exceção para mim. Eu era porreiro.

No final de agosto, o camarada Vasco Gonçalves foi demitido de primeiro-ministro e o meu pai, angustiado com o rumo da política, achou melhor que as minhas idas com ele para o jornal terminassem.

*　*　*

Cansava-me das férias. Duravam demasiado. Sentia saudades da escola. No final desse verão a minha mãe deu-me autorização para acompanhar os retornados da parte da tarde. Não queria que eu fumasse nem dissesse asneiras nem fizesse nada que fosse contra a lei de Deus e dos homens, mas brincar podia. Eu tinha de me entreter com alguma coisa.

Havia cada vez mais retornados, a cada leva mais raivosos. Eu estava lá no meio. Não havia mais nenhum do continente. Era eu, os retornados, os cães deles e o meu.

Resolvemos construir uma fortaleza e andávamos à procura de um lugar que servisse. Destacou-se o monte das mimosas, no baldio.

O monte das mimosas era uma pequena elevação de arbustos, a meio do terreno. Ao longo dos anos, tinham ali acumulado entulho clandestino e os arbustos foram crescendo sobre o monturo e ganhando raízes. Fizeram-se frondosos. O lugar tornou-se não apenas apetecível, mas estratégico. Gostávamos de nos sentar no alto a controlar os passantes.

Quando crescem, as mimosas ficam árvores de copa baixa, das quais saem compridos ramos que vão caindo e formando uma cortina cerrada. Sob a exuberante vegetação das mimosas havia o espaço de um amplo salão, cujo solo se encontrava coberto de folhas secas que estralejavam quando nos estendíamos no chão, à sombra, nas tardes de calor. Os retornados contavam façanhas lá de Angola. Eu ouvia. Queríamos para nós esse espaço, onde normalmente se acoitavam os namorados, que agora afugentávamos para ser só nosso.

Tirámos um sábado à tarde para iniciar a construção da fortaleza. Transportámos para o monte uma quantidade de ferro velho que considerámos útil para edificar a nossa estrutura militar: cadeiras partidas, pedaços de uma cama de ferro enferrujada, um sofá com molas, mas sem pano, pneus e peças soltas de carros velhos, pedras, paus, baldes e estacas, lâminas de velhos estores e janelas de madeira ainda boas, substituídas por novas de alumínio, que enchiam o bairro. Com os despojos que se acumulavam no baldio e que recolhemos, construímos as paredes e as portas. Desenhámos a planta da camarata, do refeitório, do gabinete do comandante e das diferentes patentes e a prisão para os turras, com pedras dispostas no chão. Atravancámos o lugar. Tornou-se perfeito para nós e inabitável para os intrusos.

Combatíamos uma grande guerra a partir do nosso quartel--general, sempre contra os turras, que eu não sabia quem eram. Os retornados estavam contra eles. Eram o inimigo.

— Qual é o objetivo dos turras? — perguntava eu, tentando compreender a nossa guerra, porque uma pessoa precisa de sentir suas as causas, para as combater melhor. Queria partilhar uma fé.

— Ó pá, Zé, os turras querem roubar a nossa terra. Os gajos querem apanhar o nosso território. É simples. A gente liquida--os nas emboscadas. Só temos de ser mais espertos. Percebes?

— Mas querem roubar Portugal?

O Miguel exasperava-se:

— Estamos em Angola, pá! Isto aqui no baldio é Angola!

— Mas Angola ainda é Portugal?

— Era. Agora Angola é Angola.

— Mas os turras são angolanos, não são? — Eu não compreendia.

— Estás parvo? Tenho de te explicar o bê-á-bá? Os turras são os sacanas dos pretos.

— O Diamantino e o Paulinho são pretos e não são turras.

— Há pretos porreiros, que estão do nosso lado. São pretos quase brancos. A mãe do Diamantino até é mulata, percebes? — e chamou o Diamantino:

— Olha lá, a tua mãe não tem os olhos verdes e a pele quase branca?

— Iá.

A mãe do Paulinho é que era preta verdadeira, sem apelo, mas o pai era branco, o que fazia dele, também, um quase branco. Por isso combatia os turras.

— Mas se os turras são angolanos para que é que querem roubar uma terra que já é deles? — A curiosidade era genuína.

— Assim não dá para entrares na guerra, Zé! Ou alinhas ou paras com essas perguntas burras.

Eu desistia.

— Tudo bem. Então e quem é que faz de turra?

Aquilo deu que pensar ao Miguel. Não respondeu logo. Andou um bocado às voltas e depois disse:

— É pá, os cães! Pomos os cães como turras na prisão.

Esta guerra era o programa deles. Eu só tinha ido ali parar porque o amor aos cães nos unira. Tinha sido essa a minha via de entrada na confraria.

Sem compreender o sentido daquela causa, havia de ser o primeiro a levar um tiro, de certeza.

* * *

Quando estava em casa, o meu pai ia mantendo sobre o Cristo uma vigilância não obstrutiva, mas atenta às falhas.

— O cão patinhou a entrada.

— Alguém faz o favor de limpar os pelos deste sofá? Madalena, onde meteste a escova?

Aceitava-o, mas mantinha-o ao largo. Não o sacudia, mas também não o chamava. Não era capaz de se afeiçoar. Ou não queria. E o cão não se aproximava. A minha mãe dizia-me:

— Ele, com o cão, não é bem ateu, é mais agnóstico.

Ríamo-nos os dois, com o riso da nossa aliança. Nesses primeiros tempos após a adoção do Cristo, o meu pai ainda estava ali, mas o seu espírito já tinha partido. O Cristo era um assunto meu e da minha mãe. Sem a sua ajuda nunca teria conseguido tratar dele. Eu ocupava-me do fácil, ela, do difícil: limpava, dava-me dinheiro para comprar ossos, ou pedaços de bofe, ainda com a traqueia e os tendões pendurados, bem como miudezas de frango, que lhe cozia com arroz. Ajudava a levá-lo à rua, passando a levantar-se mais cedo de manhã e ocupando-se da mesma tarefa antes de nos deitarmos.

Para evitar questões, a minha mãe sugeriu que lhe chamasse só Cris, em público, o que acatei. Ficou Cris para todos. Em privado sempre foi o meu Cristo, que nunca abandonei. Cabia-me protegê-lo e compensá-lo pelo martírio da sua vida anterior.

Gostava de o sentar ao meu colo. Abraçava-o e segredava-lhe "meu amigo", para ninguém ouvir, nem sequer a minha mãe, porque a um homem não autorizam palavras de fraco: "cão lindo, cão lindo".

O Cristo ia comigo para a fortaleza. Éramos sete rapazes entre os dez e os doze anos e sete cães, todos rafeiros, de diferentes tamanhos e feitios. Cães verdadeiros. Cães mesmo cães.

As coisas correram mal num dia em que o Miguel e o Diamantino fizeram uma captura de turras e desataram a gritar como os militares enraivecidos, nos filmes, e a empurrar os cães para a prisão, à bruta, com metralhadoras improvisadas a partir de pernas de cadeiras partidas.

Quando se sentiu ameaçado, Cristo reagiu mal. Eriçou o pelo. Rosnou. Ficou parado e tenso, com os dentes arreganhados. O Miguel insistiu na captura, "vais ver quem manda aqui, cão dum caralho", e picou-o com a metralhadora. O Cristo atirou-se ao pau e mordeu-o, com raiva, sacudindo a cabeça. O Miguel deu-lhe um pontapé para que largasse a metralhadora. Cristo abocanhou-lhe a bota, que esmordaçou várias vezes antes de fugir. O Miguel tinha umas caneleiras grossas, mas ficaram em mau estado.

Quando se sentiu atacado, o Miguel largou a metralhadora com os olhos arregalados, virou-se para mim e gritou "o teu cão é maluco!".

Fiquei paralisado a ver aquilo, como se estivesse num pesadelo do qual não conseguia sair. O Miguel gritou-me:

— Vai atrás do gajo e arreia-lhe. Os cães têm de perceber quem é que manda. — A tarde tinha ficado estragada.

Desatei a correr no encalço de Cristo, sentindo que o mundo acabava. Encontrei-o à porta do prédio, de rabo entre as pernas, encolhido, comprometido, esperando a pancada. Olhei-o com o coração aos pulos, a respiração acelerada, desiludido e zangado. Naquele momento não conseguia sentir amor por ele. Naquele momento não era um cão lindo. Fechei as mãos com força para não lhe bater. Eu não batia em animais.

A mordidela do primeiro dia não tinha sido um acidente singular provocado pela dor do momento. O Cristo mordia. Após o desastre na fortaleza era impossível esconder a verdade. Um cão que mordia a sério! Ficámos estarrecidos!

Eu e a minha mãe já tínhamos percebido que ele era dessa raça. Tinha tentado morder a mão dela quando lhe tirou da boca um osso que trouxe da rua. Desvalorizámos. Pensámos que podíamos dar-lhe o desconto de os animais não gostarem que lhes tocassem na comida. Ficam sôfregos. Passámos a ter mais cuidado.

As pessoas varrem sempre para debaixo do tapete aquilo que não querem ver ou para que não têm soluções. Mas naquela fase já não podíamos ignorar. Havia o meu pai. E se ele descobrisse? Eu e ela não tínhamos poder. As crianças pertenciam a alguém. As mulheres também. Em graus diferentes.

Tínhamos pena do bicho. Já nos afeiçoáramos. Era um bom cão, apesar de tudo. Tinha traumas. Os cães da rua desenvolvem defesas. Ganham vícios, como as pessoas adultas. Era necessário entendê-lo, apesar de ser inaceitável. Eu e ela conferenciámos e acabámos por decidir esconder o facto do meu pai. Ela disse:

— Estamos de mãos atadas. Nem sequer podemos dá-lo. O que diríamos sobre o comportamento? Que é meiguinho? Sim, é, mas de vez quando morde. Quem é que aceita um cão que morde?

O cão era como um casamento. Estava sempre tudo bem, exceto nos dias em que estava mal. Como é que se explica aos outros que somos ótimas pessoas, mas que há momentos em que nos atravessa um relâmpago que tudo queima?

Se o meu pai soubesse a verdade, quereria livrar-se dele de imediato, levá-lo-ia para o canil para ser abatido. "Um cão que morde o próprio dono, que morde a mão que o alimenta!", exclamaria. Havia de ser sem dó. E eu não conseguia suportar essa ideia.

Mais valia aceitá-lo. Aprender a viver com um cão que pode morder. Arranjar estratégias. Não adiantava forçá-lo nem bater-lhe. Ele reagiria mordendo. Teríamos de continuar a proporcionar-lhe experiências que nunca tinha conhecido. Paz. Calma. Confiança. Talvez mudasse com os anos.

— Ele é um bom cão, mãe. Conheço-o. Só tem esse defeito. A gente consegue amansá-lo, vais ver.

— A agressividade num cão doméstico é um problema muito sério. Isto tem de ficar entre nós. O teu pai não pode saber. Nunca. — E aconselhou-me:

— Não podemos despertar nele o instinto que o leva a morder. Temos de lhe falar com firmeza, mas serenidade. Temos de nos pôr na sua pele. Ele é como um combatente regressado da guerra.

— Eu falo sempre devagarinho com ele.

— Eu sei, mas vocês têm uma relação especial. Vocês dormem juntos. Vocês são como irmãos.

— Como é que sabes?

— Eu sei tudo, José. — E sorriu com os olhos e os lábios, serenamente, sem malícia nem vitória. Com sabedoria.

Não voltei a levar o Cristo para a fortaleza. Passeava com ele no bairro, à volta dos prédios ou no baldio. Ele cheirava aqui e ali, fazia as necessidades e regressávamos. Não podia ter confiança absoluta nele, mas aprendi a antecipar e prevenir as situações em que poderia mostrar-se agressivo.

Com o Cristo percebi a natureza selvagem dos cães. Vive neles, amortecida pela domesticação. Mas está lá. Um cão pode estar a lamber as mãos do dono que acabou de o alimentar e no momento seguinte a arrancar a carne ao homem que atravessou os limites da propriedade, se vir nele uma ameaça. Rasga-lhe uma perna e fica no chão o naco de carne arrancado. Carne é só carne. As formigas virão. Outros insetos lhe darão destino. Um cão enraivecido pode agarrar-se à garganta de um homem e matá-lo. Não precisa de ser um grande cão, basta-lhe ser novo e forte.

Nada disto retirava mérito ao Cristo. Era um bom cão. Repito, ele sempre foi um bom cão. Um grande companheiro. Carne da minha carne. Olhava-me com olhos de quem tudo viveu e aprendeu. Respeitava-o, como se fosse um anjo da guarda velho e orgulhoso. O anjo da revolta. Podia morder: eu gostava dele à mesma. Os cães mordem. Os cães podem matar. Nós também.

Matadouro

Na madrugada do terceiro dia de 2019 fiz a primeira ronda do ano aos contentores. Quando cheguei, a vizinha esperava-me do lado de fora, no lugar onde antes eu costumava fazer-lhe o meu pequeno teatro, no tempo em que era espreitado. Quando me aproximei, exclamou:
— Os cães para trás, se faz favor.
Os cães estavam distantes.
— Recolheu coisas hoje?
— Claro.
— O que é que traz.
Pousei os sacos no chão e olhei-a. Não percebia a pergunta:
— O costume. Coisas que as pessoas deitam fora. Que já não usam. O Natal e o Ano-Novo são altura de andarem em limpezas e arrumações. Dão a volta aos armários. Hoje trago bonecos, uns jogos. Também encontrei um solitário bonito e uma caixa em cristal, se não estou em erro. Tenho de ver tudo melhor lá dentro. Com luz.
— Gostava de fotografar. Pode abrir?
— Não quer ir lá dentro que eu ponho tudo em cima da mesa e a vizinha compõe e fotografa?
— Não quero compor nada. Quero fotografar as coisas tal como estão.
— Sem luz?
— Há sempre luz.

Não valia a pena argumentar. Abri os dois sacos. Ela escolheu o menos cheio e fotografou uma Barbie descabelada e uma caixa do jogo do Monopólio com um rasgão na tampa. Os objetos de vidro e cristal não lhe interessaram.

Quando se cansou disse:

— A semana passada falou-me da sua avó. Leu-me a carta que recebeu dela. Fiquei a pensar nessa história.

— Fui criado pela minha avó nos arredores de Mafra a partir dos doze anos.

— O que é que aconteceu aos seus pais?

— Saíram de cena.

— Por que é que não responde à sua avó?

— Hei de responder.

— Agradece a mesada que ela lhe manda?

— Agradeço.

— Se não lhe telefona nem lhe escreve...

— Agradeço mentalmente, agradeço em silêncio.

— Ou seja, não agradece.

Ouvia-se o ruído de pessoas que iniciavam a manhã. Os estores das janelas e as portas dos prédios começavam a abrir-se. Era o primeiro dia de escola do segundo período.

— Não me veja como um ingrato. Sem a minha avó eu não teria tido adolescência.

— Vá visitá-la.

— Vem comigo?

— Está maluco?

— A sua companhia iria ajudar-me.

— Nós mal nos conhecemos e eu não sou massa para tapar buracos. A sua avó quer estar consigo, não comigo. Nem sabe que existo. Isso não tem sentido nenhum.

Não tinha. Reconhecia. Mas com ela sentir-me-ia estranhamente apoiado. As conversas não poderiam estender-se a lugares íntimos que queria evitar. Escreveria à minha avó explicando a situação. Tinha a certeza de que ela aceitaria o que lhe pedisse.

— Se a vizinha estiver disposta eu arranjo uma maneira. A sua companhia aliviar-me-ia o fardo.

— Hoje deu-lhe para a doideira. Isso amanhã passa-lhe. Eu vou andando. — Os cães levantaram-se para a cumprimentar, com a cauda a abanar, mas ela fez-lhes "tch, tch".

A visita à minha avó impunha-se. Tinha de ser. Não podia adiar mais. Escrevi-lhe, finalmente.

Nos dias seguintes, fui falando com a vizinha à porta de casa, de manhãzinha, quando chegava da minha volta. Ela pedia para fotografar os sacos. Tudo bem. Eu deixava.

Na semana seguinte a resposta da minha avó estava na caixa do correio.

Mafra, 19 de janeiro de 2019.

Querido neto,
Que feliz foi para mim o dia de ontem, ao receber a tua cartinha. Respondo-te de imediato.

Folgo por saber que estás de boa saúde e que encontraste uma vizinha com quem convives. É bom ter companhia. A solidão serve os monges, não quem está no mundo.

Fiquei muito feliz com o teu propósito de visita. Há muito que a espero. Vem assim que puderes. Claro que podes trazer a tua vizinha. Espero que não seja pessoa de cerimónias e que não se afronte com a nossa humilde casa.

Tens de ver como queres fazer com os cãezinhos. Convém combinares isso com ela. Não te preocupes com o dinheiro que terás de gastar para os trazer. Arranja um táxi que eu trato disso.

Aguardo que me digas quando vens. Temos muito que falar, querido José. Podes telefonar-me, não te esqueças. Eu sei que não gostas, mas é mais rápido para resolver assuntos práticos.

Um beijinho da tua avó que te ama muito e nunca te esquece,

Josefa

Guardei a carta no sobrescrito, deixei-a em cima da mesa e fui-a relendo ao longo do dia e pensando no que fazer à vida. Gostava de contemplar a caligrafia da minha avó e de sentir o afeto que vinha das suas palavras.

Na manhã seguinte, ao chegar das voltas, sentei-me, pousei os sacos, olhei para a carta da minha avó em cima da mesa enquanto os cães bebiam água e pensei que era preciso ir à luta e convencer a vizinha. Custava-me ir sozinho para casa da minha avó. O que temia eu? Custava-me enfrentar a sua fragilidade e solidão? Custava-me ter de admitir que ela devia estar a viver comigo ou eu com ela? O que me causava desconforto? Os anos de distância e afastamento? Ela já não me conhecia, não sabia quem eu era, no que me tinha tornado? Não conseguia chegar a uma conclusão. Não tinha resposta. Era como se a minha vida com a minha avó tivesse acabado no momento em que saí da sua casa e agora fosse impossível reconstruí-la. Era como se eu estivesse do outro lado de um pano muito esticado que separava dois mundos.

Era inegável que a minha vizinha era um conhecimento demasiado recente. No espaço de um mês tinha passado a contar com ela. Gostava da sua ironia, das suas respostas secas e diretas. Tinha qualquer coisa de verdadeiramente mauzinho que as pessoas honestas não se esforçam por disfarçar. A maldade escancarada era a grande prova de confiança que ela me dava. Sabia o que ali estava. Com o que podia contar.

Pensar que ela me acompanharia na visita à minha avó ajudava-me a atenuar a resistência incompreensível que sentia. Não deixava de ser imprudente convidar para esta visita uma pessoa tão recente na minha vida. Mas tinha de ser.

Atravessei o patamar do nosso piso e bati-lhe à porta com os nós dos dedos. Sabia que ela me tinha visto entrar. À hora a que eu chegava, se não estava à porta à minha espera estava de certeza à janela. Dormia pouco e comia igual. Alimentava-se de bolos, chá e chocolate. Ouvi os seus passos caminhar em direção à porta. Espreitou pelo óculo como se não soubesse que só podia ser eu. Disse-lhe:

— Venha daí fotografar o que trouxe hoje e tomar um café.

— Ir a sua casa?

— Sim. Venha lá.

Respondeu em voz sumida:

— Vou já. Deixe-me vestir qualquer coisa.

Tocou à campainha uns minutos depois, vestida com o traje de ir ao café, com um xaile aos ombros.

— Que jeitosa! Você sabe fazer peças muito bonitas — disse eu, admirando o trabalho. — Tem algum xaile parecido que eu possa oferecer à minha avó?

— Sempre a vai visitar?

— Vamos. A vizinha vem comigo. Ela já respondeu à minha carta dizendo que podemos ir. Ficou feliz e eu não esperava reação diferente.

— Não vou, não. Não tenho interesse nenhum em sair daqui.

— Vamos visitar o convento de Mafra, a tapada, a parte antiga. É muito bonito.

— Você não precisa de mim para visitar a sua avó. Não precisa de bengalas.

A sua resposta dececionou-me. Como iria convencê-la?

— Vai por quanto tempo?

— Depende. Três ou quatro dias. Uma semana ou duas. Não sei.

— E os cães?
— Vão comigo.
— Como é que os leva?
— De táxi.
— E a levar-me consigo, eu iria como?
— Connosco.
— Está a brincar. Só se fosse drogada.
— Eu vou atrás com os cães e você à frente com o motorista.
— Nem pense. Posso oferecer-lhe um xaile bonito para oferecer à sua avó. Mas eu não vou.
— Venha. A minha avó não estranha. Sabe que sou assim. Tive uma grande amiga em Mafra que andava sempre comigo.
— Uma namorada?
— Mais ou menos.
— Correu mal? Aquela que o fez desacreditar do amor?
— A certa altura cada um segue o seu rumo e não há nada a apontar.

Ficámos calados durante um bom bocado. Eu estava a beber o meu café pingado com leite de soja e a comer uma tosta barrada com compota. Ela contemplava-me com curiosidade.

— É só isso que você come ao pequeno-almoço?
— O que é que queria que eu comesse?
— O meu pai comia uma grande sandes de carne antes de ir para o trabalho e bebia uma malga de café com leite. Os homens têm de comer bem.
— Você mal se lembra do seu pai.
— Disso lembro-me.
— Sandes de carne ao pequeno-almoço?
— Ele era talhante.
— Que profissão horrível!
— Porquê?
— Esventrar os animais, puxar-lhes as vísceras ainda quentes para fora, viver mergulhado em sangue que escorre pelos

pulsos até aos cotovelos e pinga para o chão. Nunca conseguir tirá-lo das unhas encardidas de morte.

— Alguém tem de fazer esse trabalho.

— Neste mundo horrível...

— Os homens caçam, esquartejam e comem. Essa é a ordem natural da vida. Temos de matar para viver.

— E matam antes ou depois de ir para o escritório?

— Não percebo.

— O que a vizinha defende teria sentido se tivéssemos outra vida. Se ainda vivêssemos em culturas ligadas à natureza, como há milhares de anos ou como no tempo dos nossos avós. Matava-se um porco que dava para o ano inteiro. Uma galinha no Natal. O que se caçava era para comer. Comer carne, nos dias de hoje, implica a existência de exploração pecuária intensiva. Ou aviária. Indústria da morte, percebe. Lugares devidamente equipados para o massacre em série. Um mar de sangue que ninguém vê. Que ninguém quer ver. Um mar de sangue. Literalmente. É isso que lhe estou a dizer.

— Ah, você é desses! O meu pai foi talhante toda a vida. Quando emigrou para França ganhou bom dinheiro, dizia a minha mãe. Foi pena não lhe mandar uma parte.

— Acabou de se desviar do que acabei de lhe dizer.

— Meu caro, para nós podermos viver, os animais têm de morrer. Vem na Bíblia. Há coisas que, apesar de desagradáveis, têm de ser feitas.

— Mas um matadouro, para mim, não é apenas desagradável: é o inferno! Tenho de os ignorar para conseguir viver. Sabe que desvio os olhos das montras dos talhos, quando passo em frente? Tem noção do grau de insensibilidade a que tem de se chegar para trabalhar nesses sítios? Para onde vai o sangue que escorre de dentro desses cadáveres? Para as entranhas da Terra?

— Credo, senhor! Nunca penso nisso. Nem me interessa. Tenho mais o que fazer. Preciso de comer para viver. Aposto que a sua mãe e a sua avó também lhe davam carne.
— Quer ouvir a história da minha mãe e da minha avó?
— Estou há um mês à espera que ma conte.

Natal de 1975 e o que se seguiu

As aulas do ano letivo começaram só em outubro. Eu vi pouco o meu pai. Parou em casa na ceia de Natal. Nesse dia ao final da tarde perguntou-me, finalmente, em que turma tinha ficado e quem eram os professores. Informei-o dos pormenores com dois meses de atraso e mostrei-lhe as notas que tinha tido no primeiro período. Aprovou.

Depois sentámo-nos à mesa para a ceia e nesse ano de 1975 eu não me lembro de ter dito uma palavra enquanto se comia o bacalhau com batatas. O tema foi exclusivamente político. Entre ele e a minha mãe. No dia 25 de novembro tinha-se dado, nas suas palavras, "uma manobra contrarrevolucionária". Tinha sido um "desaire político e civilizacional". Íamos "regredir e voltar a viver nas mãos do grande capital. Voltariam a espezinhar-se os direitos dos trabalhadores e a manipular-se o pensamento. Nunca mais iria ter fim o ciclo de exploração do homem pelo homem. O povo acreditava numa existência cujo único sentido era o sacrifício do corpo e do espírito, a vida inteira, sem justa retribuição. As pessoas embruteciam no trabalho do campo e das fábricas, do nascer ao pôr do sol. E era assim porque sim. Ninguém questionava. Faziam o povo acreditar que estamos aqui para expiar pecados originais adquiridos no momento em que nascemos e em nome dos quais Cristo morreu na cruz. Andamos a pagar a fatura de Cristo há quase dois mil anos. Nós, quer dizer, quem verga a espinha todos os dias, tendo como única esperança a oportunidade de continuar a vergá-la, numa roda sem fim. Não sou eu nem tu, Madalena. Nós pudemos estudar. Nós, no meio disto, somos os privilegiados".

A minha mãe tentou acalmá-lo. Disse-lhe:

— Tem mais esperança, Eduardo. A reviravolta de novembro também se desfaz. Não acredito que seja possível reverter os direitos adquiridos.

— Romântica!

— As coisas podem voltar a mudar de rumo. Não sejas pessimista. Já viste o ritmo a que tudo se altera diariamente? Sabemos lá nós que reviravolta estão já a preparar para amanhã.

— Virou de novo à direita — argumentou o meu pai com desalento. — E a reforma agrária acabou.

— Vamos ver — respondeu ela. — A verdade é que o país também não tem avançado, Eduardo. Não podemos continuar a ser governados por grupos de trabalhadores, por comités de bairro e por batalhões militares que de repente têm uma ideia miraculosa para mudar o mundo. Um país não se governa assim. O poder tem de estar concentrado. Até agora, o Movimento das Forças Armadas não conseguiu fazê-lo.

— Não conseguiu?! — refutou, ofendido. — Avançámos mais em dezoito meses do que em meio século, Madalena!

— Talvez, talvez.

— Talvez? Todos os períodos revolucionários passam por momentos de caos. Nós nunca tínhamos vivido em democracia. Saímos da monarquia para a ditadura republicana. Estávamos a aprender, agora. Estávamos a aprender fazendo. Há exageros e falhas, claro. Num lado peca-se por excesso, noutro por defeito. É compreensível. Tudo está a reorganizar-se. Se todos fossem capazes de assimilar a ideia da propriedade coletiva... E é algo que tem que se ensinar... Como ficaria a nossa vida, de repente, se resolvêssemos fazer obras em casa e mudar o quarto para a sala e a cozinha para a casa de banho? Pensa na dificuldade que teríamos, durante algum tempo, para fazer as refeições, lavarmo-nos e dormir. Para viver. Mas não deixaria de ser um período de transição para passarmos a viver melhor. O caos e a mudança andam de mãos dadas.

A minha mãe respondeu como se não o tivesse escutado:

— Eduardo, eu não quero ser desmancha-prazeres, mas tenho de te dizer isto: este ano tivemos greves todos os dias. Todos os dias sem exceção! Manifestações dos serviços de limpeza, manifestações de padeiros, de operários de todas as fábricas, das lojas, de tudo. Houve dias em que greves e manifestações se somavam sem sabermos o que se reivindicava nem quem. Há situações que já não são admissíveis a poucos anos de terminar o século XX.

— Por exemplo?

— Por exemplo, os deputados da nação estarem dois dias cercados no Parlamento pelos operários da construção civil por causa do contrato coletivo de trabalho. Acamparam em confraternização, a assar castanhas e a beber copos de vinho. Juntaram o útil ao agradável. Onde é que já se viu um governo suspenso enquanto o povo o captura e se embebeda?

O meu pai suspirou e exclamou.

— Captura deve ser uma hipérbole que inventaste! Não preciso de te dizer quantos anos estas pessoas trabalharam como escravas sem direito a qualquer manifestação.

— Mas há coisas que não se podem fazer. Há limites.

Fez-se silêncio e o meu pai concluiu:

— Não há limites numa revolução. Se tu e outros pensam dessa forma, isto é o fim dos sonhos que alimentámos.

— Não vamos estragar o Natal com esta conversa, Eduardo.

Mas já estava estragado.

* * *

O primeiro semestre de 1976 passou a correr. Os meus pais trabalhavam, cada um no seu posto, e pouco falavam. Eu estudava, brincava e andava com o Cristo sempre atrás. Com cuidadinho.

Terminei o sexto ano com sucesso duas semanas antes da eleição do general Ramalho Eanes como presidente da República.

Em casa assisti a duas campanhas diferentes. O meu pai participou ativamente na de Octávio Pato, apoiado pelo PCP, camarada que ele conhecia perfeitamente do jornal *Avante!*, a minha mãe defendeu Eanes, candidato que agradava a vários partidos de direita e de esquerda por garantir isenção e neutralidade. Era o que diziam. Eu não votava, mas simpatizava com Otelo Saraiva de Carvalho. O meu pai chamava-lhe falso, oportunista e perigoso. A minha mãe concordava. Foi o único tópico dessas eleições em que estiveram unidos. Para quem nada percebia de política, como eu, Otelo era uma figura carismática. Era o tipo de homem que eu queria ser quando fosse adulto.

A vitória de Ramalho Eanes deitou o meu pai abaixo. Foi a confirmação do veredicto do golpe contrarrevolucionário de 25 de novembro do ano precedente. Andou cabisbaixo. Esteve uns dias sem aparecer em casa. Ao início da noite telefonava à minha mãe dizendo que tinha de ficar a trabalhar. Dormiria em casa de um colega, em Lisboa.

Num sábado de julho, anterior à posse do general Ramalho Eanes, ao final da tarde, quando regressei de um jogo de futebol Angola-Moçambique com os retornados, encontrei o meu pai e a minha mãe sentados na sala, em silêncio, frente à televisão desligada. A minha mãe tinha os olhos vermelhos e inchados. Levantou-se, assim que entrei, e murmurou:

— Vou fritar umas costeletas e fazer arroz branco, para despachar.

O meu pai pegou em *O papel da violência na História*, de Friedrich Engels, e retomou a leitura. Sentei-me ao seu lado e liguei a televisão. Estava a dar um programa de entretenimento que antecedia o noticiário. Ouvi o óleo ferver na frigideira. O meu pai pousou o livro e anunciou-me:

— Eu e a tua mãe vamos separar-nos.

Olhei-o sem reação. Estava concentrado na televisão. Ouvi "eu e a tua mãe vamos passear-nos". Respondi "está bem. A que horas voltam?", e continuei a ver o programa.

— A que horas voltamos? — perguntou o meu pai.

O seu tom levou-me a atentar na frase anterior tal como tinha sido dita, não como a escutara. Rememorei o que acabara de dizer e fitei-o com os olhos muito abertos.

— Separarem-se? Separarem-se como?
— Divorciar-nos — esclareceu sem mais.
— Mas porquê? Já não gostam um do outro?
— Gostamos, mas não o suficiente para viver juntos.
— O que é que isso quer dizer?
— Quer dizer que gostamos um do outro, mas não da maneira que leva as pessoas a estarem casadas e a viver na mesma casa. Mas não estamos zangados.
— A mãe adora-te! — quase gritei.

Ele marcou o livro, fechou-o e respondeu calmamente:

— Não digo que não, José, mas para mim é a única solução. — Calou-se quando percebeu que as lágrimas me saltaram dos olhos. Esteve calado alguns minutos. Eu acalmei. Ele retomou:
— Eu sei que não consegues perceber. É cedo para conseguires entender as nossas razões.

— Eu e o Cristo vamos para onde? — perguntei, com os olhos inchados pelo choro.

— Não vão para lado nenhum. Ficam aqui. Ficas com a tua mãe, como deve ser. E com ele, claro. Não muda nada.

Fiquei a matutar no que me tinha sido dito por alguns minutos, com o olhar preso na televisão, sem atenção ao programa. As emoções dominavam-me. Sentia pena de mim e da minha mãe e raiva dele.

Regressou à leitura, que só voltou a interromper quando lhe disse:

— Pai, tu defendes que temos de ser racionais quando tomamos decisões, não é?

— Sempre. Não há outra forma de se viver dignamente.

— Lembras-te do que me disseste quando eu trouxe o Cristo para casa? Quando assumimos responsabilidades ficamos presos e temos que continuar de cara alegre. Lembras-te?

— Lembro.

— Achavas que eu não tinha capacidade para ter um cão e tratar dele, mas tive. Tu, que és crescido, não assumes a responsabilidade de viver connosco. Não queres estar aqui.

— A vida muda contra a nossa vontade. Há situações em que temos de nos conformar. Também me lembro de te ter dito que por vezes somos obrigados a tomar decisões que vão contra aqueles que amamos. Aplica-se a este caso. — E continuou: — Antigamente não podíamos divorciar-nos. Agora podemos, felizmente. Não precisamos de ficar atados uns aos outros para o resto da vida, quando os casamentos já não funcionam.

— E não funcionam porquê?

— Porque os interesses das pessoas vão mudando com o tempo. Não é nada do outro mundo. Tu consegues entender isto, Zé. Tens colegas a quem já aconteceu o mesmo. É normal. Não penses que é fácil para mim.

— Faço ideia para a mãe — foi a única frase que consegui articular.

Ouvimo-la dizer na cozinha:

— Podem vir para a mesa!

— Fala com ela. Pode ser que te consiga explicar melhor do que eu.

Levantei-me. Dei cinco passos na direção da cozinha, mas não resisti; voltei-me e atirei-lhe a frase que tinha atravessada na garganta e não fui capaz de conter.

— Pensa muito bem no que vais fazer. Para não ficares o resto da vida a lembrar-te disto como te lembras das lágrimas que choraste quando morreu o Açor!

Olhou-me surpreendido. Eu tinha-o chocado. Picado. Tinha sido este o objetivo: feri-lo como tinha acabado de me ferir. Ergueu-se, apanhou-me em dois passos e aplicou-me uma bofetada seca. A única que dele recebi. O Cristo reagiu em minha defesa e saltou-lhe às pernas, apanhando-lhe a ponta das calças à boca de sino. Ele sacudiu-o com um forte pontapé que o deixou a ganir. Segurei o Cristo, fora de mim, e gritei ao meu pai, enquanto ele saía da sala, amaldiçoando o cão e a vida:

— Cobarde. És um cobarde. Tu também mordes sem razão. Não gostas de ninguém. Ninguém te agrada nesta casa — e atirei-lhe com a verdade escondida: — No dia em que trouxe o Cristo para casa ele mordeu-me, mas eu não disse nada. Doeu-me, mas escondi de ti, da mãe, de toda a gente porque não sou um cobarde. Como tu.

A minha mãe não saiu da cozinha, onde se manteve imóvel e de cabeça baixa com as duas mãos pousadas sobre a toalha na mesa já posta.

O meu pai dirigiu-se para a saída e vestiu o casaco pendurado no cabide da entrada. Quando fechou a porta ainda lhe gritei, para que me ouvisse do lado de fora:

— És como aquelas pessoas que abandonam os cães.

— Cala-te, José Viriato — impôs a minha mãe.

Jantámos calados. Fingimos que comemos. Cada um chorava à sua maneira. Eu tinha ficado abalado com o meu surto violento contra o meu pai. Não tinha sido atingido apenas pela brutalidade da notícia, mas pela raiva que crescera em mim.

Fui para o meu quarto com o Cristo. A minha mãe lavou a louça e juntou-se a mim. Não me disse nada. Só me beijou. Fez-me festas no cabelo. Adormecemos juntos.

Árvore de carne

Soube pela minha mãe que o meu pai regressou muito tarde, na noite da bofetada, apenas para levar uma mala de roupa. Passou a viver na rua 4 de Infantaria, em Lisboa, em casa de um amigo.

No final de julho a minha mãe disse-me que íamos passar as férias com a minha avó, em Mafra. E assim foi. Tínhamos de levar o Cristo. Punha-se a questão de como o levar. A minha mãe entabulou conversações com os taxistas até encontrar um que aceitasse levar o cão.

De manhã a minha mãe e a minha avó levavam-me à praia. De tarde regressávamos a casa, onde permanecíamos lendo, jogando, conversando, tratando dos animais. Elas dialogavam longamente. A minha avó dizia-lhe que o melhor era deixar a casa da Margem Sul e ir para Mafra. Tinha espaço para todos nós. A minha mãe respondia que não podia mudar de escola naquele ano. Talvez no seguinte. Era necessário aguentar.

Regressámos à Margem Sul no final de agosto. A minha mãe trocou telefonemas com o meu pai insistindo para que ele me fosse visitar. Ele propôs ir buscar-me para passar umas semanas em sua casa. A minha mãe aceitou. Não queria que eu perdesse a ligação com o meu pai.

Em setembro fui arrastado para a casa onde ele vivia com o sr. Manuel Roxo da Mata. Dividiam a renda.

O sr. Manuel era rececionista num consultório de dentista, da parte da tarde. O meu pai era uma pessoa totalmente diferente na sua companhia. Nunca o tinha visto tão leve, tão feliz.

As férias com o meu pai e o amigo foram aborrecidas. Lembro-me de que tinha de me portar bem para agradar a ambos. Tinha de ser um adolescente arrumado, imaculado, de acordo com o que eles consideravam que estava certo. Não pude levar comigo o Cristo. O sr. Manuel era alérgico a pelos de animais. Gostava de cães, dizia ele, mas defendia que o seu lugar era lá fora. "Os cães na rua, as pessoas em casa."

O meu pai entrava no jornal às onze e saía quando Deus autorizava. O sr. Manuel dava-me o almoço e ia a correr apanhar o autocarro em direção às Avenidas Novas. Levava debaixo do braço um livro com capa de couro, que lia durante a viagem e no trabalho, enquanto os pacientes do consultório onde era assistente eram atendidos pelo senhor doutor. Quando saíam, mandava entrar o seguinte, procedendo ao recebimento do valor da consulta e realizando eventuais remarcações.

Eu vagueava pela casa, ia à varanda, lia um bocado e lanchava sozinho. Saía e passeava-me pelas ruas do bairro, para baixo e para cima, da direita para a esquerda, via as montras das lojas, parava a apreciar os grupos de rapazes mais crescidos que fumavam no jardim da Parada, sentados nos espaldares dos bancos, com os pés nos assentos. Escutava as conversas das senhoras sobre a falta de leite ou a carestia de vida, o preço do peixe, da carne e do azeite, sempre a subir. Eram dias tristes.

Havia um grande silêncio na casa impecavelmente decorada e arrumada pelo sr. Manuel. Comecei a ler *A volta ao mundo*, de Ferreira de Castro, por causa das ilustrações. Gostaria de conhecer aquelas terras distantes, um dia. Viajar era um bom projeto para o meu futuro. Era isso que gostaria de fazer para além de ser pastor: viajante. *A volta ao mundo*, de Ferreira de Castro, era um volume encadernado. De luxo. Acabei por rasgar, sem querer, uma folha ricamente ilustrada, ao manusear o livro. Escondi o calhamaço ferido na parte de cima do guarda-roupa embutido na parede, por debaixo dos cobertores e das mantas.

O meu pai ou o sr. Manuel haviam de descobrir que tinha sido eu o autor do crime contra o Ferreira de Castro. Fora um acidente. A ideia atormentava-me. Não podia fazer asneiras. Não podia dar mais desgostos a ninguém. O sr. Manuel ficaria muito zangado. Pensaria mal de mim. Havia de chamar o meu pai à parte e de lhe dizer: "O teu filho não é corajoso. O teu filho é uma pessoa que estraga coisas e as esconde". Era isso. Como assumir uma falha perante o escrupuloso sr. Roxo e a sua cuidadosa estima por coleções? Tocava levemente nos objetos, de preferência com luvas de algodão branco, como se tudo fosse em filigrana de papel. Como dizer-lhe a verdade? Um simples "sr. Manuel, desculpe, rasguei o livro sem querer". A ideia da confissão era insuportável.

Aliviava-me pensar que talvez só descobrisse o livro passado muito tempo. Anos. À distância não conseguiria lembrar-se de que eu o manuseara. O tempo apaga as pequenas memórias. As mais fúteis. Vão-se. Havia uma possibilidade de salvação.

Nem o meu pai nem o senhor Manuel conseguiam chegar a casa antes das oito da noite. Quase sempre mais tarde. O meu pai mandava-me comer fruta antes do jantar, para não ficar com fraqueza. Dava-se melhor com o amigo do que com a minha mãe. Parecia que tinham sido feitos para viver juntos. Dividiam as tarefas da casa. O meu pai fazia as compras e ocupava-se da maior parte das refeições. O sr. Manuel tratava da casa, punha a roupa a lavar na máquina, primeiro a branca, depois a escura, estendia-a no arame, apanhava-a e passava-a a ferro, à noite, enquanto via televisão. Tinha um borrifador com goma diluída na água. O meu pai dizia que ele passava as camisas melhor do que ninguém.

O amigo do meu pai não tinha filhos e nunca casara. Dizia-me que uma pessoa não precisa de ter uma vida familiar para ser feliz, e que a prova disso era o meu pai que, segundo o sr.

Manuel, "tinha sido pouco feliz no casamento". Eu olhava o meu pai com censura quando o amigo dizia estas coisas. Como podia ele permitir que se atrevesse a comentar à minha frente a nossa vida familiar passada?

Nessas férias, coube-me dormir com o meu pai, que ocupava o quarto maior. O sr. Manuel ficava no pequeno, numa cama de solteiro. Tinha a roupa no quarto do meu pai, porque era o maior, onde cabiam os armários de gavetas e o guarda-roupa. Era uma trabalheira ter de ir ao quarto do meu pai buscar uma camisa ou um par de peúgas. Pedia mil desculpas. Não me parecia justo.

Eram bons amigos. Partilhavam hábitos, livros, discos, comida. Tudo.

Magoava-me ver a diferença de disposição do meu pai na sua nova vida. Parecia que tinha andado a perder tempo enquanto viveu comigo e com a minha mãe. Não tínhamos sido capazes de lhe proporcionar o que almejava.

Fiquei aliviado quando as férias com o meu pai terminaram e pude regressar a casa.

* * *

No inverno que se seguiu a nossa vida mudou totalmente. Precipitou-se.

Ter passado a beber foi uma das diferenças que percebi na minha mãe quando regressei das férias de setembro. Ela não bebia habitualmente, mas nessas semanas tinha derrotado a maior parte das garrafas que o meu pai deixara para trás.

Tínhamos ficado seriamente abalados com a separação. Vê-la arrastar-se todos os dias doía-me. Passar domingos com o meu pai era um inferno. Ele esforçava-se por me agradar. Andava bem-disposto. Levava-me a almoçar fora, íamos ao cinema, perguntava-me pela minha mãe, mas eu nada lhe dizia, porque não lhe perdoava.

Em casa, eu tentava animar a minha mãe fazendo eu as tarefas que ela esquecia ou abandonava. Limpava o pó, o chão, aspirava, fazia comida simples. O Cristo passou totalmente para as minhas mãos. Ela conseguia ir trabalhar, e era já muito. Ouvi a d. Rosa dizer a outras clientes que a minha mãe tinha começado a sofrer dos nervos. A mim parecia-me apenas profundamente triste. A separação tinha-a feito desabar. Piorava a cada dia. Emagreceu, mirrou, perdeu a vontade de conversar, de ler, de sair de casa. Não comia nem dormia. Todo o seu pensamento se concentrava na maleita do amor perdido. Vivia num torpor fora do mundo. Era um edifício rachado por um forte sismo, mas permanecendo de pé à mercê de um sopro, de um empurrão leve, que pudesse precipitar a ruína.

Vi-me obrigado a cuidar dela como se cuida de um irmão mais novo. Já não era a Madalena que eu conhecia. Outra mulher tinha ocupado o seu lugar. Via-a beber licor, à noite, para se aguentar trabalhando. A pouco e pouco deixou de arrumar e limpar a casa, depois desistiu de se preocupar com a roupa, a cara e o cabelo. Ficava no quarto deitada. Não chorava. Ia trabalhar e regressava, sempre com a mesma expressão no rosto. Comíamos sopas Knorr de ervilhas com presunto, enlatados da Nobre e da Compal, queijo e fiambre, e ovos mexidos com pão. Dava-me dinheiro para almoçar e jantar na escola ou no café. Quando eu chegava, ao final da tarde, já ela estava no quarto. Dizia-me:

— Vai à rua buscar qualquer coisa para ti. Eu não tenho fome. Compra meio frango no churrasco e batatas fritas de pacote, se quiseres.

Eu queria. A churrascaria Chibuto era de uns retornados que tinham trazido de África uma afilhada mulata, da minha idade, que eles diziam ter salvado à guerra civil. A afilhada é que estava de serviço ao assador dos frangos e os embalava em papel, com poucas palavras e sorriso tímido. As tranças esticavam-lhe os olhos na zona da fronte. A pele era cetim bronzeado e os olhos doces dissimulavam vivacidade. Era mais do que bonita, era uma pedra preciosa rara. Na vizinhança diziam que era filha do retornado. Filha de sangue. Diziam que a mulher do retornado tinha sido muito bondosa em aceitar trazer a filha que o marido tinha feito em barriga alheia.

Eu ia à churrascaria contemplar a afilhada. Pedir-lhe meio frango. Ouvi-la perguntar-me "com ou sem picante?". Responder "sem". Ela retorquir, sorrindo, "falta de fogo no corpo".

Continuava a encontrar-me com os retornados. Andava atrás deles. Não sabia o que fazer nem para onde ir. Há momentos na vida em que desligamos involuntariamente e ficamos à espera que o tempo passe, que uma coisa dê origem a qualquer outra, que surja um atalho para um caminho. Mais nada.

Valia-me o cão. Agora já podia dormir comigo às abertas e subir para o sofá. Ninguém nos controlava e andávamos sempre juntos, fora o tempo em que tinha de estar nas aulas. Ele metia-se dentro dos cobertores e de manhã, nos dias frios, sentia-o encostar o dorso à minha barriga, como se se empurrasse para dentro do meu corpo para sorver calor. Aconchegávamo-nos, sonolentos e confortados. Só nos tínhamos um ao outro. Tinha pena de que ele não pudesse cair para dentro do buraco do meu umbigo, tal como Alice resvalou para o País das Maravilhas.

Antes de me levantar, beijava o focinho e as patas do meu amigo e dizia-lhe "tenho de ir, irmão". Vestia-me para o levar à rua. Dava-lhe comida. Tomava eu o pequeno-almoço. Seguia para a escola. Tudo o que eu queria era o meu cão e a minha mãe.

Num domingo em que pude ficar na cama até mais tarde, na sonolência que antecede o momento de acordar, tive uma visão da nossa família. Não foi um sonho, porque já estava consciente, embora entorpecido. Eu era uma árvore de carne. Do meu tronco saíam três ramos. Do tronco-peito saíam os ramos da minha mãe e do meu pai, separados. As folhas que os revestiam eram fotos de um e de outro, ilustrando as histórias e os momentos de vida que me haviam contado ou que me lembrava de termos vivido. O ramo que saía do tronco-cabeça era o Cristo. As folhas desse ramo eram de veludo, macias como cabeças de bebé. Os quatro formávamos a mesma árvore de carne. Os nossos sangues corriam misturados pelas veias do meu corpo de nós quatro. A seiva da árvore era sangue, porque ela era de carne. Os nossos corações batiam em sincronia e nada nos distinguia.

A partir desse dia, eu e o Cristo sermos um só tornou-se uma fantasia que eu perseguia. Pensava que os seres não deviam poder escolher a espécie dos seus filhos. Por que é que uma pessoa não podia ser um gato, como nas histórias infantis? A mãe coelha, os meninos gansos, o lobo que protegia a menina. Eu gostaria de ser esse lobo que dormia enroscado com os outros da matilha, como eu com o Cristo. A vida não tinha de ser mais do que isso. A minha mãe podia ter gerado um lobo e não um rapaz. Estaria certo. Havia de ser engraçado uma mulher ter um filho lobo a crescer dentro da barriga, a esticar as patinhas, a dar pontapés de lobinho. Havia de ser bonito pari-lo de surpresa, "olhem, que engraçado, tive um lobo!". Depois dar-lhe de mamar e ele adormecer a sugar o leite das maminhas, como fazem todos os bebés, humanos ou não. Mostrar às outras pessoas, "está a ver os pelos do focinho do meu filho, tão macios?". Uma ursa poderia parir uma menina e criá-la. Seria uma menina ursa. O problema seria com as cobras e os crocodilos. Quem os quereria? A desgraça que haveria de ser uma mãe dar à luz um crocodilo. Ou talvez não. Poderia ser um mundo diferente no qual se tivesse perdido o medo dos répteis. Se calhar até diriam, "ai, que crocodilo tão perfeitinho que a senhora teve! Que mimo de bebé já com os dentinhos todos". E sorria sozinho com a ironia do pensamento. Se contasse isto a alguém haviam de troçar de mim.

Quanto mais me debruçava sobre o assunto, mais considerava que o mundo das histórias da infância era o que estava certo. Para haver justiça entre as espécies que habitam a Terra não poderíamos escolher quem a ela haveríamos de trazer. Se assim fosse, pensava, respeitaríamos os animais como respeitamos as pessoas, porque tinham saído de nós, porque nas suas veias corria o nosso sangue. Eram também a nossa carne. Não os prenderíamos a uma estaca com uma corrente de um metro e meio, não os enjaularíamos, não os mataríamos à pancada na cabeça, como aos porcos no matadouro. Não nos incomodaria que andassem à solta na rua, porque podem morder, tal como não andamos obcecados com o pensamento de que haja malucos lá fora, e eles passam por nós todos os dias, às dezenas. Perigosos. Quando não tinha nada que fazer ficava deitado olhando o vazio e imaginando esse mundo maravilhoso.

Como se não bastasse ter emagrecido muito, os cabelos da minha mãe tornaram-se brancos no espaço de pouco tempo. A dor envelhece as pessoas.

À noite, quando não tinha trabalhos para corrigir ou preparar, ocupava o tempo escrevendo cartas ao meu pai. Nelas fazia o balanço diário, o balanço de vida. Expunha as suas razões. Falava com ele imaginando-o ali. Depois dobrava as folhas, metia-as em sobrescritos, escrevia o nome dele no espaço reservado ao destinatário, anotava a data no espaço do remetente e amontoava-as numa pilha, no móvel ao lado da televisão. Não as enviava nem as escondia de mim. Eu não as lia. Não precisava de ler as cartas para imaginar qual seria o seu conteúdo. Eram a única forma de manter o meu pai na sua vida.

Manteve o desenho como hobby. Desenhava a carvão ou a tinta da China. Traços, linhas, figuras e sombras. Padrões repetitivos. Nada figurativo. Quando se cansava, desligava, tomando um Valium e dormia algumas horas. No dia seguinte ia para a escola, dava as aulas e regressava. Tinha-se tornado um fantasma. Nada podia magoá-la. Ela era a mágoa. Se caísse não sentiria dor. Ela era a dor. Se se cortasse não se feriria, porque ela era a ferida. O amor pelo meu pai era um veneno que a ia matando. Eu não podia conceber que se pudesse viver assim. Acho que ela também não.

Vinho da Madeira

O Natal de 1976 foi o primeiro sem o meu pai. A minha mãe não tentou disfarçar a sua ausência nem a tristeza. Não conseguia. Nesses tempos sofria de fortíssimas dores de cabeça. Tomava cada vez mais comprimidos receitados pelo médico. Tinha muitas caixas em cima da cómoda. Estava uma lástima.

Nessa véspera de Natal não parou de tomar comprimidos para se aguentar. Assim que escureceu, enquanto preparava a nossa ceia, abriu uma garrafa de vinho da Madeira que alguém oferecera ao meu pai e foi bebendo. Estava a esmerar-se para compor um Natal decente. Fez o sacrifício de sorrir. Fritou os habituais sonhos, cuja receita aprendera com a mãe. Jantámos juntos. Tagarelámos. Comeu pouco. Mal provou o bacalhau. Continuou a encher-se de comprimidos para matar a dor de cabeça que não passava e percebi que bebeu mais do que a conta. Era um barco à deriva. Eu não sabia como lhe valer.

Quando me fui deitar, abracei-a. Disse-me, com a voz arrastada pelo álcool:

— Vai, meu menino. Amanhã a mãe há de estar melhor e abrimos as prendas juntos. E é o dia dos teus anos. Vamos celebrar. — Deu-me um beijo e fui para o meu quarto.

Ficou sentada na sala em frente à televisão desligada, com as luzes coloridas da árvore de Natal a piscar.

Na manhã seguinte acordei e fui com o Cristo à rua. Quando regressei comi bolo-rei que tinha ficado em cima da mesa e deixei-me ficar no quarto, entretido com histórias aos quadradinhos emprestadas pelos retornados. No primeiro período do ano letivo de 76/77 tirei negativa a quase todas as disciplinas e suficiente a trabalhos manuais, educação visual e educação física. A minha mãe não me perguntou pelas notas e eu nada disse. O meu pai igual. Cada um vivia como conseguia. Eu lia os apontamentos copiados do quadro, nas aulas, mas nada retinha. Não era capaz de me concentrar. Passava o tempo a ver televisão e a dormir e esperava ser capaz de melhorar no segundo período.

Relaxei. Era o dia do meu aniversário. Tinha sido um ano bem difícil. Mais tarde abriria as prendas com a minha mãe. Ela tinha passado a levantar-se tarde. As manhãs custavam-lhe por causa do efeito dos comprimidos. E do álcool. Mas tínhamos de almoçar.

Quando a fui chamar já passava do meio-dia.

Abri a porta do seu quarto e perguntei-lhe:

— Vamos almoçar, mãe? — Tinha-se deitado tardíssimo. Aproximei-me da cama. Dormia ferrada com os lábios semiabertos.

— Queres que faça alguma coisa? — Não me ouviu. Eu já sentia uma fomezinha a atacar. Pensei que era melhor deitar mãos à obra. Fui para a cozinha e pus-me a preparar uma refeição. Descasquei batatas para fritar. Estrelei dois ovos e salsichas. Tirei os sais de fruto do armário. Iam ser necessários.

Quando terminei, pus a mesa com o nosso serviço de louça das festas e voltei ao quarto, decidido a tirá-la da cama para comermos juntos um almoço de Natal confecionado por mim. Levei-lhe um copo de água com os sais de fruto a borbulhar. Sabia que não estaria bem-disposta, que faria sacrifício. Cabia-me fazer de adulto, mantendo os hábitos, a normalidade. Ela precisava de reagir à perda do meu pai. Tinha de se conformar com a nova vida. Recomeçar, como fez ele. Não podíamos continuar naquele desconserto. Queria dizer-lho. "Mãe, tens de pôr para trás, tens de esquecer. Tens de voltar a ser o que eras."

Aproximei-me da cama, pousei o copo com os sais de fruto na mesa de cabeceira e forcei-a a acordar. Chamei-a.

— Mãe, acorda. Vamos lá, mãe.

Abanei-a.

— Tens aqui os sais de fruto. Vá. Acorda.

Continuou a dormir.

— Já fiz o nosso almoço. Já tenho a mesa posta. Comes só o que te apetecer. Vá, levanta-te. — Peguei-lhe num pulso e puxei-a para fora da cama. Contemplei-a com estranheza. Nunca a tinha visto naquele estado. Ela tinha abusado. Estava desmaiada. Senti-me aflito. Peguei no telefone e liguei para o meu pai. Disse-lhe:

— A mãe não acorda. Desmaiou na cama. Não sei o que fazer. Deve ter bebido muito ontem. — Custou-me revelar, mas tinha de dizer a verdade ao meu pai.

Ele respondeu:

— Não faças nada. Vou já ter contigo.

Chegou meia hora depois, de táxi. Foi ao quarto. Saiu e agarrou também ele no telefone. Mandou-me ficar sentado, o que fiz.

Pouco tempo depois ouvi uma ambulância parar à porta do nosso prédio. Subiram e entraram no quarto. Enquanto o pessoal médico dava assistência à minha mãe, tentando acordá-la da ressaca, o meu pai permaneceu com eles dentro do quarto. Tinha-me passado a fome. Aproximei-me da árvore de Natal, contemplei as prendas e pensei que já não ia ser como planeáramos. No estado em que ela estava só íamos conseguir abri-las no dia seguinte, com sorte.

Saíram todos do quarto com a minha mãe numa maca e meteram-na na ambulância. Não tinham conseguido acordá-la. Era necessário levá-la para o hospital e tratá-la com outro equipamento, explicou-me o meu pai, resumidamente. Desceu com eles. Fiquei a ver a ambulância partir, com a sirene ligada. O meu pai subiu de novo. Levou-me para a cozinha e sentou-se comigo à mesa.

— Come alguma coisa, José. Eu tenho de ir para o hospital. Aguentas-te sozinho umas horas?

— Aguento. Vai tratar da mãe, por favor.

Bebeu um copo de água e seguiu.

Não me lembro se comi. Não me lembro dessa tarde de Natal. Talvez tenha ligado a televisão. Quando o meu pai regressou do hospital ao princípio da noite vinha alterado. Disse:

— Vamos para casa da tua avó. Vamos agora. Vou chamar um táxi. — Falou como se a casa tivesse pegado fogo e precisássemos de sair imediatamente para nos salvarmos. Não tive tempo para levar nada comigo. Agarrei no Cristo e arrastei-o comigo. Meti no bolso das calças o lenço de seda que a minha mãe tinha usado nos dias anteriores, para manter o penteado até ao Natal. Ela tinha-o tirado da cabeça, ao vir da rua, e deixara-o sobre a mesa de entrada, onde pousávamos as chaves e a trela do Cristo.

Ao entrar no táxi, ouvi-o dizer ao chofer de praça:

— O camarada vai desculpar-me, mas isto é uma situação complicada. Pago-lhe a corrida a dobrar se nos deixar levar o cão. É a mascote do miúdo. Tenho de o ir pôr a casa da avó. É uma urgência. — O taxista mandou-nos entrar sem colocar obstáculos. Era camarada mesmo.

Coloquei o Cristo ao meu colo. Enlacei-o. A minha mãe não estava bem. Tinha pisado o risco e não voltaria a casa tão cedo. Ia ser tratada para recuperar. Demoraria o seu tempo. Mas depois... tudo regressaria ao normal. Claro. Viajei com o Cristo encostado ao meu peito. O seu calor confortou-me, enquanto ia deixando para trás a minha mãe no hospital, a mesa da sala ainda posta com o bolo-rei encetado, a minha roupa, os livros e puzzles, a mala da escola e o mundo tal como o tinha conhecido.

O Cristo e o lenço da minha mãe foram a única bagagem que carreguei para casa da minha avó.

À chegada do táxi, a minha avó já estava à nossa espera na varanda, embrulhada no casaco.

— Entrem depressa — pediu-nos —, o sol está a pôr-se e a temperatura cai a pique. — Beijou-me e disse, abrangendo o Cristo: — Vocês ficam aqui muito bem — e acrescentou: — Hoje é o teu aniversário, não estou esquecida. Parabéns, José!

O meu pai esteve uma hora connosco. Tinha de regressar a Lisboa. Tinha de ir ver da minha mãe. Ouvi-o falar com a minha avó na cozinha, enquanto me deixaram na sala a assistir a um filme de Natal na televisão. O tom de ambos era de consternação controlada, sem picos de entoação, como se recitassem uma oração conhecida. Uma ave-maria. A minha mãe estava muito doente. Era a única explicação. Não queriam dizer-mo. Pressenti que o que acontecia era muito importante. Era maior do que eu.

Na primeira noite que dormi em casa da minha avó deitei-me na cama fria e pensei, "depois isto acalma, depois isto melhora". Repeti a ladainha até adormecer, com os braços à volta do Cristo, aninhado em mim.

* * *

Nos dias do velório e do funeral, a minha avó pediu à vizinha Florinda que ficasse comigo. A d. Florinda preparou-me o almoço e, durante o resto da tarde, fez crochet intercalado com suspiros fundos, interjeições de dor e expressões como "não somos nada" e "coitadinho".

Contou-me que a filha trabalhava em Lisboa. Tinha uma neta da minha idade, mas o pai era drogado e estava preso. A droga desgraçava as famílias. Os retornados é que a tinham trazido de África. Antes não havia cá disso. A filha da d. Florinda não se tinha dedicado aos estudos, ao contrário da minha mãe. Uma pessoa sem estudos não chegava a lado nenhum, a menos que tivesse cunhas. E foi desenleando a história da filha, da neta e do genro que andava na má vida.

A minha avó voltou ao final da tarde, com o meu pai, ambos em silêncio. Ninguém falou sobre cerimónias fúnebres, como se não tivessem acontecido, nem eu perguntei.

Sentámo-nos com o meu pai na sala, enquanto a minha avó preparava o jantar. O meu pai fitou-me e disse: "Já tens doze anos. Não vale a pena estar a esconder-te o que já percebeste. Tens de aprender a viver sem a tua mãe. Temos de aceitar. Agora é continuar. Há coisas que não têm conserto. A tua avó estará sempre contigo. Eu trabalho o dia inteiro no jornal, sem horário certo, e não posso olhar por ti. Por agora, será assim. Depois, no verão, a gente vê. Pensa em fazer-te um homenzinho e ajudar a avó, como fazias com a mãe".

Jantámos em silêncio. No final, ele abraçou-me, disse que em breve nos veríamos e mandou-me para o quarto. Continuou falando com a minha avó, na sala, em voz baixa.

Não compreendia o que diziam. Percebi que pegou no telefone e discou um número. O Cristo manteve-se atento aos movimentos fora do quarto. Ladrou quando ouviu um carro chegar e quando ele arrancou. Sosseguei-o. Enfiou-se dentro da cama, encostou-se a mim e aqueceu-me. A minha avó fechou a porta de casa à chave e recolheu-se. Foi ao meu quarto e, sem acender a luz, tateou a minha cabeça, depois o volume que o corpo do Cristo fazia aninhado em mim e sussurrou: "Durmam bem. Até amanhã, meninos".

Não compreendia nada e compreendi tudo.

No dia seguinte fomos à escola tratar da transferência e seguimos para a papelaria, onde comprámos material escolar. Seguiu-se a loja de roupa. Calças, camisolas de lã, camisas de flanela, botas, roupa interior, gorro, luvas, pijama, ténis e fato de treino: o inverno ia rigoroso e eu não tinha levado roupa.

Apenas o lenço da minha mãe. Usei-o atado aos pulsos, à cabeça ou ao pescoço durante anos, tanto no inverno como no verão. A minha avó dizia que eu parecia um delinquente. Eu desculpava-me dizendo que os cantores de rock também usavam, ao que a minha avó respondia: "grande exemplo".

    O lenço da minha mãe protegeu-me a garganta, impedindo-me de dizer o que se deve calar e encorajando-me a falar quando não se pode permanecer em silêncio. Quando o meu corpo se movia, o corpo dela movia-se comigo. Quando as minhas pernas andavam, as suas pernas caminhavam nas minhas. O lenço manteve-nos ligados.

* * *

— Que história terrível? Como é que você sobreviveu a isso?

    — Da mesma forma que a vizinha ultrapassou as suas dores.

    — Essa é a avó que quer visitar?

    — Sim. É uma pessoa muito importante na minha vida. Vai ser um reencontro difícil. Por isso lhe peço que vá comigo a Mafra. Não é fácil ver de novo a minha avó. Há muitas memórias. Muitas culpas e desculpas. A sua presença vai aligeirar o reencontro.

    — Eu não conheço a sua avó e mal o conheço a si. Tenho aqui a minha casa, as minhas coisas que preciso de guardar.

    — Com todo o respeito, vizinha, não estou a ver que alguém tenha a intenção de a assaltar. Se é que alguém irá dar pela sua falta.

    — As minhas coisas são a minha vida. É como os seus cães para si.

    — Compreendo perfeitamente. Mas eu preciso de ajuda e a vizinha disse-me que se sentia em dívida para comigo.

    — É verdade. Disse.

    — Preciso de dar destino à Florinda que destrata a minha avó. Sem causar melindres. Tenho dado voltas à cabeça.

— Quer dar destino à mulher? — perguntou, entusiasmada.
— Tenho de arranjar um pretexto para a afastar. Não sei como.
— Pensa ir quando?
— Quando é que a vizinha pode?
— Amanhã.

A minha mãe

Aproveitei a boa disposição da minha vizinha para tirar nabos da púcara, satisfazer a minha curiosidade e o meu fascínio.
— A senhora nunca me conta nada sobre si.
— Não é verdade. Contei-lhe a história do meu trabalho e do advogado que era filho do patrão e...
— Caiu.
— Sim. Contei-lhe. É história.
— Não me disse o seu nome.
— O meu nome não interessa, mas pode chamar-me Beatriz.
— O que é que aconteceu na vida da Beatriz entre o amor não correspondido pelo filho do patrão e o momento da tal queda que a trouxe para cá?
— Nada de especial. Uma vida de trabalho, casa, trabalho. Na retrosaria. Tive como grande amiga a minha colega da loja. A Nani. Contei-lhe. Era retornada de Angola, como esses miúdos com os quais você andava. Tinha força, era levada dos diabos. Mas no início dos anos 90 começou a ter dores nas pernas e nos braços. Fizeram-lhe uma bateria de exames e descobriram-lhe um tumor espalhado nos ossos. Avançado. Sem apelo. Deram-lhe seis meses, durou quatro. Íamos ao cinema. À praia. Chegámos a pensar partilhar casa. Custou-me muito o seu desaparecimento. Se ela estivesse viva faríamos companhia uma à outra. Tínhamos a mesma idade. Morreu antes dos quarenta. Depois nunca mais conheci ninguém.
— Começou a fotografar por causa dela.

— Não. Eu sempre tive fascínio pelas imagens. Ficava parada em frente às montras das lojas de fotografia. Calhou ser essa a profissão do pai da Nani. Foi ele que me vendeu a minha primeira máquina e me ensinou a usá-la. Barata. Em segunda mão. Comecei a treinar-me nessa altura. Ele fazia-me desconto na revelação dos rolos. Tenho muitas fotos da Nani, se quiser ver. Hão de estar nas caixas. Só há que procurar. Era magrita, de lábios finos, cabelo curto. Não era bonita. Mas fazia companhia. Quando ela desapareceu comecei a fotografar mais e mais. Tenho rolos por revelar do dia do seu funeral. Na capela mortuária. Tirar fotografias tornou-se a minha companhia. Uma pessoa com uma máquina na mão nunca está sozinha.

— É como o cigarro.

— Ela era engraçada. Ajudava-me a pregar partidas ao advogado quando ele se casou — e sorriu ao recordar-se. — Vigiávamo-lo. Passávamos tardes entretidas a segui-lo. Telefonávamos-lhe para casa e dizíamos à mulher que tinha amantes. Dávamos detalhes dos encontros dele com clientes. Horários. Locais. No momento em que estavam a acontecer. Batia tudo certo. Tínhamos a nossa energia concentrada em dificultar-lhe a vida. Quando somos novos nada nos cansa. Andámos atrás dele durante anos. Deixávamos-lhe bilhetes escritos à máquina entalados no para-brisas e na caixa do correio do escritório. Palavras como traidor ou cobarde ou frases como "Consegue dormir bem à noite?" ou "Já lavou hoje a sua consciência?".

— Fizeram-lhe a vida negra.

— Vida negra fez-me ele a mim. Apenas teve uma ténue paga.

— Ele escreveu-lhe bilhetes para a seduzir, a vizinha deixou-lhe bilhetes para o ameaçar...

Respondeu-me com maus modos:

— Qual é a diferença entre o que fiz e o que hoje se faz por SMS e WhatsApp? Amor, desgosto, vingança, meu caro.

— E a honra, vizinha?

— Qual honra? A que ele não me tirou? Só a morte podia redimi-lo da responsabilidade e da culpa pela vida que me roubou. A morte é que era. E teve-a.

Disse e fechou-se. Cerrou os maxilares e os punhos, os músculos ficaram tensos. Calei-me por minutos. Os nossos diálogos eram tumultuosos. Ela não devia nada à serenidade. Nenhum de nós era um exemplo de virtudes.

Retomei a conversa, que desviei de assunto para não azedar.

— Quer que lhe conte o resto da minha história em Mafra?

— Força. É melhor do que a telenovela que ando a seguir na TVI.

Sorri. Continuei.

* * *

Nas primeiras semanas após a morte da minha mãe não chorei, mas perdi centímetros de altura. A minha avó dizia: "Come, rapaz. Parece que estás a minguar".

Comecei a chorá-la no final de fevereiro, quando senti a distância. Depois, chorei todos os dias, sozinho, antes de a minha avó chegar. Chorava a falta do meu chão, dos beijos e ralhos. Chorava por autocomiseração. Por puro egoísmo de quem não suporta perder. Chorava em silêncio, sentado na cama, ao acordar e ao deitar. Chorava à mesa da cozinha, enquanto tomava o pequeno-almoço ou lanchava. Chorava por ter dirigido à minha avó palavras que a magoavam.

— Não penses que podes substituir a mãe. Não penses que podes ser igual a ela. Nunca serás. Nunca.

Ela não me respondia.

Chorava por não passar de uma má rês encolhida, como me chamavam na escola. A minha avó percebia a cara e os olhos inchados, quando chegava do trabalho. Beijava-me e despenteava-me, fazendo-me rir, até eu ter começado a sacudi-la, por ser já demasiado crescido para aquelas pieguices.

Chegava de dor, mas a memória da minha mãe e a saudade venciam-me. Esforçava-me por fazer a vontade ao que imaginava que ela queria para mim e pensava: "Faz de conta que ela não morreu. Está tudo igual. Eu, aqui; ela, lá. Vamos encontrar-nos, um dia. Ela vai sorrir. Vou vê-la. 'Olá, José!', ouvia a sua voz claríssima na minha mente: 'Olá, José Viriato! Olá, meu querido'".

Era isso. Estava tudo igual. Era só fazer de conta que não lhe podia falar ou telefonar, porque ela passava o dia inteiro a corrigir os trabalhos que trazia da escola e não gostava de ser interrompida quando estava concentrada. Imaginava-a sentada à mesa da sala, com molhos de folhas A4 à frente, um lápis, uma caneta vermelha, a televisão a preto e branco ligada sem que nela atentasse, e os óculos pouco graduados que só punha para trabalhar. Ao recriar o cenário voltava a chorar as lágrimas mais grossas que Deus inventou para serem choradas. De novo me recompunha, parava de chorar e limpava o rosto com a manga da camisola.

Um mês após a sua morte encontrei-a num sonho. Ela tinha vindo visitar-me para se despedir. Trazia um vestido azul muito leve e o cabelo solto como nos melhores dias das férias de verão, quando tudo estava bem com o meu pai e regressávamos da praia cheios de sal e apetite, no verão do 25 de Abril. Éramos felizes. Eu achava que éramos felizes juntos. Nesse tempo, nas férias, jantávamos, eles contavam histórias, ríamos, víamos televisão ou saíamos para falar com os vizinhos sobre o poder do trabalho coletivo. O ano do 25 de Abril foi tão bom! Todos eram felizes!

Na noite em que a minha mãe me visitou no sonho, abraçou-me e tratou-me com muito carinho. Conversámos, enquanto passeámos por um jardim com caramanchões de trepadeiras luxuriantes, cheios de glicínias e rosas de santa Teresinha. Conversámos como se eu já fosse adulto. Ela tratava-me como igual. Como crescido. Como se não tivéssemos idade. Lembro-me do sentimento de pertença, da alegria íntima de estar na sua presença. Os nossos laços permaneciam intactos. Antes do pôr do sol, ela teve de se ir embora e disse-me: "Vim só para te dizer que este é o nosso último encontro. Não voltarei". Disse-o calmamente, sem tragédia, como se me anunciasse que ia para o trabalho: "Mas não fiques triste, meu querido. Tenho mesmo de ir. Tu ficas bem. Não te preocupes. Eu estou sempre onde tu estiveres. Lembra-te do meu rosto quando sentires saudades. Eu estarei a sorrir para ti. Está tudo bem. A vida é assim". Senti uma dor muito forte no peito. Um punhal espetado e rapidamente arrancado. Não caí. Não me esvaí em sangue. Respirei fundo. Recompus-me. Não queria que ela partisse, mas compreendia que tinha de ir. Abraçou-me e beijou-me, dirigiu-se a uma arca de enxoval que esperava por ela numa clareira no jardim, abriu a tampa, segurando-a, entrou, sentou-se, sorriu-me uma última vez, deitou-se e deixou cair a tampa. Uma preocupação distraiu a minha atenção do resto de dor no peito: o forro de cetim cor-de-rosa da arca e uma ponta do seu vestido azul tinham ficado entalados na tampa e viam-se do lado de fora. Corri para tentar metê-los para dentro, mas não consegui. A tampa não se movia. A arca estava fechada para sempre. Estava sozinho no sonho. Só eu e ela. Afastei-me do lugar sentindo já saudade e falta. Mas não havia solução. Sabia que tinha de ser assim. Esse encontro ajudou-me a parar de chorar. As crises de choro tornaram-se mais raras.

As histórias da minha avó, que eu adorava ouvir, e ela me contava ao jantar e ao fim de semana, atraíam-me e estabeleciam entre nós um elo mágico. Ela revelava-me um mundo antigo, cheio de interditos e mistérios. De uma beleza escura, enigmática, que excitava a minha imaginação. Havia grandeza nas suas descrições da vida de outros tempos. As mãos rachadas pelo frio. O trabalho na mercearia do pai: a forma como pegava na barra de manteiga e cortava uma fatia de cinquenta gramas a pedido do freguês, porque a manteiga era um luxo para quem vivia com o dinheiro escrupulosamente contado. Descrevia-me o sabor do açúcar mascavado, a caligrafia perfeita do meu avô, anotando no livro de contas o que levavam fiado. Havia beleza no rigor. Contou-me que o seu nome, Josefa, surgiu porque a sua mãe tinha tido uma gestação de barriga bicuda, sinal de varão, e portanto decidiu-se que ficaria com o nome do pai, José, e bordou-se o enxoval com a inicial J em maiúsculo. O nome de uma rapariga não tinha importância, por isso simplificaram, feminizando o nome: Josefa. Com o desgosto, o pai recusou pegar-lhe ao colo e evitou olhá-la nos primeiros meses. Depois, foi-se fazendo à ideia. Não havia solução. A minha avó era uma criança bonita, com olhos azuis cheios de luz, e o pai quebrou. "Uma linda criança. Uma menina abençoada."

Deus não deu mais filhos ao meu bisavô, porque o Senhor tem os seus desígnios. Decidiu que a menina iria estudar, para não acabar ao balcão a vender, como ele, feijão-frade ou grão, bacalhau seco, toucinho fumado e banha de porco. Tudo a peso. A minha avó contava que tinha sido das poucas raparigas da vila a completar o liceu. Aos dezoito anos, devidamente habilitada, arranjou emprego nos Correios Telégrafos e Telefones como assalariada e, assim que abriu concurso para a função pública, conseguiu um lugar no quadro como escriturária-datilógrafa. Foi progredindo internamente até se tornar primeiro-oficial no Ministério da Educação, trabalho que executou toda a vida.

Quando fui viver com ela ainda não estava reformada. Rumava todos os dias a Lisboa, no autocarro, e regressava a tempo de tratar da criação, o que já havia começado de manhãzinha.

Levantava-se de madrugada, amassava farelo com as couves da horta e restos de batata do dia anterior e distribuía pelas malgas, na capoeira. Punha milho e água aos pombos, dava arroz cozido com miúdos aos cães e aos gatos, depois tirava a bata, acabava de se arranjar e partia pelas sete da manhã.

Datilografou e arquivou ofícios todos os dias, de segunda a sexta, das nove às cinco, com uma hora para almoço. Não se impunha a ninguém, não permitia que ninguém se lhe impusesse, e conseguiu o feito de terminar a carreira sem guardar amizades ou inimizades.

Quando eu acordava, pelas sete e meia, já ela tinha saído. Deixava-me o pão, a manteiga, o chocolate em pó e a caneca com o leite fervido tapada com um pires, em cima da mesa. Deixava-me dinheiro para o almoço na cantina, um chocolate ou outra guloseima, por vezes uma moeda ou duas para gastar no que me apetecesse. Eu levantava-me, lavava-me de raspão, com frio, e seguia para a escola.

Regressava antes de ela chegar do emprego e vagueava pelo quintal. Abria a porta da capoeira, regava as plantas e levava o cão a passear pelo campo. O destino era sempre o monte, para onde a minha avó me desaconselhava ir, por ser mal frequentado, como o baldio na Margem Sul, mas eu gostava desses lugares. Havia por ali um rebanho de ovelhas, pastando, e os excrementos abundavam. Tínhamos de ver onde púnhamos os pés. O esterco não me causava impressão. Desfazia-se como palha deixando um cheiro espesso, doce e áspero. Com o passar das semanas, o esterco transformava-se em terra fértil, sobre a qual crescia novo pasto para alimentar o gado. A forma como tudo se renovava despertava a minha curiosidade.

Ao excremento das ovelhas juntava-se o dos automobilistas, que paravam para fazer as necessidades. Nesse passo da estrada havia uma berma mais larga. As pessoas estacionavam e aliviavam-se, protegidas pelos arbustos. Havia homens que se escondiam atrás das moitas para ver os outros baixarem calças ou levantarem saias. Era o mesmo género de pessoas que ia para o baldio olhar para quem passava com olhos fixos. Eram pessoas que viviam com segredos e que fingiam ser quem não eram quando estavam noutros lugares. Causavam-me repulsa e pena, simultaneamente.

Eu não gostava de futebol nem de automobilismo, como a maior parte dos meus colegas. Gostava de atletismo, de ciclismo, de subir a árvores para procurar ninhos no alto e seguir o crescimento dos respetivos passarinhos. O monte era o lugar ideal para mim. Apesar das advertências da minha avó, continuava a ir para lá, porque podia sentar-me numa escarpa a ver os carros passar. Alimentava a esperança de que o meu pai pudesse chegar num deles para me visitar. Teria de vir por aquela estrada. Queria avistá-lo. Ele costumava telefonar de quinze em quinze dias. Perguntava como ia a escola.

— Bem.

Se andava a comer.

— Sim.

Eu perguntava quando me visitaria.

— Em breve.

Pedia para falar com a minha avó. Conferenciavam.

Quando o sol caía, eu sabia que a minha avó já estaria a caminho. Voltava a casa com o Cristo, dava-lhe comida, antecipava as tarefas do jantar pondo a mesa, enchendo um tacho de água e colocando-o sobre o bico do fogão ou dispondo a frigideira a jeito sobre a bancada da cozinha.

Fui-me habituando ao amor da minha avó, que era diferente do da minha mãe. Um amor de outro tempo. Mais sóbrio. Mas o seu gosto pelos animais encontrava companhia no meu. A maior parte das nossas conversas era sobre cães, gatos que nos apareciam, as galinhas que punham mais ovos, os pombos que tinham nascido, passaritos, sapos e texugos que por ali passavam. Todos os animais tinham direito a acoitar-se no nosso quintal.

A minha avó tinha enviuvado cedo e criado a minha mãe com prudência e sensatez. Nunca tirou a aliança do dedo. Nunca deu mostras de querer alterar o seu estado civil, nem permitiu que alimentassem dúvidas quanto a essa forma de estar na vida.

O tempo que viveu com o meu avô não lhe deixara saudades. Sobre essa época, perpassava-a uma sensação desaprazível que a impedia de a abordar. Nas suas palavras, os homens eram "crianças grandes". Nas da d. Florinda eram "putanheiros: viciados em putas e vinho" — vocabulário que a minha avó não usava. Não me recordo de alguma vez a minha avó ter dito a que se deveu a morte precoce do meu avô nem recordo o seu nome. Desapareceu da face da memória.

A minha mãe mostrou talento para as artes: desenhava admiravelmente na escola e quis estudar pintura, desejo que a minha avó respeitou. Os professores tinham-na estimulado. Entrou em belas-artes aos dezessete anos e já não regressou ao lar. Encontrou o seu grupo de amigos artistas e nele se integrou. Desenvolveu-se politicamente. Conheceu o meu pai, que militava no Partido Comunista. Engravidou. Um ano e pouco depois já eu estava no mundo.

Lembrava-me da minha mãe todos os dias ao regressar da escola. Via-a a chegar a casa com a mala na mão, como eu. Lembrava-me dela quando pegava no esfregão para lavar a varanda, porque era muito ensoalheirada e os pombos costumavam aí pousar, catando-se e deixando sinais da sua presença. Ficavam penas, excrementos, folhas secas e pétalas. Baixava-me para apanhar as mais bonitas e guardava-as. Podia incluí-las nos meus trabalhos de desenho, colar nas capas dos cadernos ou guardar em caixas.

A minha avó não ralhava comigo por causa das penas dos pássaros, ao contrário da minha mãe, que diria "deita isso fora:

as penas trazem azar". Eu escondia-as nas gavetas da roupa até ao dia em que ela, nas suas fúrias de arrumação e limpeza, após discussões com o meu pai, tudo abria, desdobrava e sacudia, ordenando a desordem e lavando a sujidade que as suas mãos alcançavam. Era irónico que a minha mãe, com a sua aversão às penas, tivesse acabado por me causar a maior de todas.

A minha mãe! Embora tivesse deixado de a chorar, a sua ausência impunha-se. Perder a mãe é como uma arritmia cardíaca. Uma pessoa saudável não se lembra de que tem coração, mas, se este adoece, ele torna-se-lhe o centro da atenção. Quando perdi a minha mãe comecei a senti-la bater nos pulsos com um ritmo rápido, muito rápido. Quando aqueles que amamos se vão embora sentimos que ninguém nos espera e que já não há por quem esperar. Há uma voz estúpida dentro de nós que acredita que alguém nos telefonará de algures, nos dirá que tem saudades, que nos ama e precisa de nós. Que importamos ainda, que tudo pode acontecer no tempo que nos resta. Digo estúpida porque o nosso tempo acabou. Estamos sós. Digo estúpida porque tudo morre quando os que amamos se vão embora. O coração vazio é uma casa em ruínas. Uma casa que morre.

Recordava ao pormenor a voz da minha mãe, as suas mãos, os sinais do seu rosto, a cor do batom que usava. Lembrava-me dela à noite, quando a minha avó tomava banho, antes de se deitar. A sua água-de-colónia era a mesma que a da minha mãe. Acompanhava os passos da minha avó entre a casa de banho e o quarto, mantendo-me sentado na minha cama, de olhos fechados. Sentia-a sair da banheira, limpar-se às toalhas e mudar-se para o quarto. Via mentalmente os seus gestos. Ela desarrolhava o frasco de água-de-colónia que tinha sobre a cómoda. O cheiro evaporava-se, transcendia a porta e chegava até mim, cobrindo-me com o seu feitiço. Eu permanecia concentrado no olfato, sem abrir os olhos. Sobrevinha uma ereção que não controlava e me obrigava a tomar consciência do meu corpo. Gostava. Quando isso começou a acontecer, penitenciava-me, oferecendo-me para lavar e arrumar a louça. E, nesses momentos, lembrava-me de novo da minha mãe. Via-a na cozinha, a fazer o jantar em silêncio. Lembrava-me dela a mandar-me lavar as mãos e os dentes, a deixar-me ver uma hora de televisão e, logo a seguir: "José, cama! Amanhã há escola". A minha avó não precisava de me dar essas indicações. Eu já tinha aprendido.

Nesse ano, reprovei. Detestava a escola. Não conseguia estudar. Detestava os colegas. Tinha saudade dos retornados de quem também fora separado como se rasga uma folha de um caderno. Tinha perdido os meus amigos.

A minha avó olhou para as notas do final de ano, mas não me ralhou. Estava à espera. Fez-me uma festa na cabeça e exclamou:

— Deixa. Fazes melhor para o ano. Convém ficares mais velho antes de entrares para o liceu. Agora é aproveitar as férias.

Cátia

O meu pai nunca chegou a aparecer em Mafra. Escreveu-me uma carta anunciando que ele e o amigo iam trabalhar para Angola, como cooperantes. Queriam colaborar na reconstrução do novo país. Tinha pena de não poder estar comigo, mas aquilo a que se propunha era uma missão importante. Tratava-se de "contribuir para o desenvolvimento dos nossos irmãos africanos". Sabia que eu ficava bem.

Li a carta à minha avó. Murmurei:

— Desta vez nem sequer se deu ao trabalho de telefonar.

Ela pronunciou-se.

— O teu pai é um homem novo e não é justo estar aqui preso por tua causa. Deixa-o ir. Estás muito bem comigo.

Passei o mês de agosto na praia com a minha avó. Repetiu-se o ritual do ano anterior, mas sem a minha mãe, o que ambos evitávamos lembrar.

No final das férias de verão, estava eu a cortar fatias de melancia para o lanche e pareceu-me ouvir a minha mãe chamar. Não era bem a sua voz, nem o nome era igual ao meu, mas fui ao portão. O chamamento era um enunciado sonoro no qual escutei uma espécie de "vem à mãe". Havia nele autoridade e amor. Por isso saí e fui ver, mesmo sabendo que não podia ser a minha mãe.

Deixei a fruta cortada aos pedaços sobre o prato. A nossa vizinha Florinda, na soleira da porta, chamava a neta. A minha avó já me tinha contado que a filha da d. Florinda fora trabalhar para a Suíça como *au pair* e que a miúda, não a podendo acompanhar, vinha para Mafra.

A miúda era aquela. Vinha do outro lado da estrada. Um dos gatos vadios que costumava comer no nosso quintal seguia-a. Era mais alta do que eu, magricela, uma morena nem bonita nem feia.

— Cátia — repetiu a avó —, anda lanchar.

A Cátia não mostrava vontade de se despachar, mas no seu rosto havia desembaraço. Passou por mim, parou, mirou-me de alto a baixo e perguntou:

— Esse lenço é o quê?
— É como os Rolling Stones. Era da minha mãe.
— Ficas giro.
— Conheço esse gato.
— Também gostas de gatos?
— Gosto de todos os animais.
— É como eu.

Disse-me adeus e seguiu para lanchar com a avó, que a esperava à porta. Era empertigada e decidida. Lembrava-me os retornados. Gostei dela.

As aulas recomeçaram em outubro e tudo mudou no segundo ano em Mafra. Não só tinha colegas novos, como eu e a Cátia fomos integrados na mesma turma do sexto ano. Ela não gostava de estudar. Tinha boas notas a desporto, educação visual e tecnológica, e no resto contava comigo. O que a maravilhava era montar, desmontar e consertar peças e mecanismos. Ferros de engomar, carrinhos telecomandados, cadeiras. Arranjava tudo em casa da avó. Mudou sozinha a rede da capoeira no nosso quintal. Sabia usar martelos e alicates. Sabia pintar paredes, móveis e ferragens. No mundo ao qual os meus pertenciam e de onde eu vinha não conhecia ninguém tão desenrascado nem tão eficaz. A mãe não lhe fazia falta. O pai também não. Era completamente autónoma. Se a abandonassem na selva, sobreviveria. Era a impressão que ela me deixava. Admirava-a. Era perfeita.

A companhia da Cátia não só me fazia bem como me granjeava boa reputação na escola. Comecei a ser respeitado. Íamos para a escola juntos e juntos voltávamos. Só nos separávamos à hora do jantar. Passei a ajudar menos em casa, sem direito a reparos. A d. Florinda comentava:

— Agora são namorados.

A minha avó argumentava:

— Acho que ainda não lhes deu para isso, d. Florinda.

— Até ver, até ver — respondia.

E não dera. A Cátia subia comigo às árvores para ver os pássaros, depois íamos dar comida aos cães e gatos vadios, onde sabíamos que andavam, e passávamos tardes a conversar e a rir, no monte ou no meu quintal. Falávamos de música, de sítios que descobríamos, dos professores da escola. Éramos parecidos e muito diferentes. Ela era ligeiramente mais alta do que eu, tinha o cabelo muito curto e parecia um rapaz. Eu usava o meu comprido, como gostava. Como a malta do rock. Por vezes apanhava-o em rabo de cavalo. Quem nos via de costas, vestidos de calções ou de calças com t-shirt, por vezes pensava que a rapariga era eu.

A Cátia ensinou-me a mudar fusíveis e a arranjar candeeiros. Nunca me disse como é que tinha aprendido tanta coisa. Lá na Amadora, de onde tinha vindo, toda a gente sabia fazer aquilo, dizia. Fiquei com ótima impressão desse lugar. Havia de ser maravilhoso viver num sítio tão dinâmico.

O tempo com a Cátia era absoluto. Não existia mais nada para além de nós. Só o Cristo com a cauda a abanar. Éramos um belo trio. O sentimento que nos irmanava continha uma força vital sem culpa nem remorso.

Voltei a concentrar-me no estudo e já conseguia fazer os trabalhos de casa. Os meus e os dela. Deixava-a copiar nos testes.

Resolvia os exercícios rapidamente, passava-lhe à socapa a folha de rascunho e ela copiava com descontração e normalidade. No Natal seguinte, redigi duas composições sobre o tema "a família", pedidas pela professora de português. A minha era uma crónica sobre a minha avó e o seu amor pelos animais, e a da Cátia era uma carta à mãe na Suíça, inspirada na saudade que eu sentia da minha. A Cátia passou o texto com os seus gatafunhos de canhota, sem atentar no que escrevia. Teve melhor nota do que eu. A professora elogiou-a muito. Disse que não era a primeira vez que nascia um grande talento nas suas aulas, e que a excelência se devia, sempre e só, ao nosso empenhamento no trabalho; o resto não interessava. Leu a composição aos restantes professores do Conselho de Turma, que, reconhecendo o inesperado talento, mostraram preocupação com os sentimentos que revelava sobre a ausência da mãe. A saudade podia afetar o seu aproveitamento escolar, o que já se notava, sobretudo nas disciplinas nas quais eu próprio não era grande coisa, não lhe podendo valer muito: matemática e ciências. A diretora de turma chamou a d. Florinda à escola, o que resultou na vinda não programada da mãe da Cátia, antes do Natal, cheia de chocolates suíços que nos duraram até ao Carnaval.

Por essa altura recebemos notícias relacionadas com o meu pai. Parou à nossa porta um jipe da GNR, com dois agentes. Pediram para falar com a minha avó a sós. Eu afastei-me. Fiquei no quintal à espera. Vi-a despedir-se deles à porta e percebi que não podiam ser boas notícias. Tinha ficado pálida.

Ao jantar, contou-me o sucedido, sem pormenores. "José Viriato, o teu pai teve problemas em Angola. Não vamos voltar a vê-lo."

Alegadamente, o meu pai e o amigo tinham sido vítimas de um assalto, em Luanda, à noite, no percurso que faziam habitualmente a caminho de casa. Tinham-lhe feito uma espera e houve violência. O meu pai não resistiu à perda de sangue.

— Morreu — afirmei.
Ela assentiu.
Não dissemos mais nada. Antes de acabar a refeição, declarei:
— Fica tudo igual. De qualquer forma, ele não viria de Angola para me visitar.
Chegaram cartas do jornal e do Ministério dos Negócios Estrangeiros. A minha avó explicou-me que podíamos mandar vir o caixão com os restos mortais do meu pai e sepultá-lo junto da minha mãe. O que é que eu achava?
Perguntei, finalmente:
— Onde é que está a minha mãe?
— No cemitério da vila.
Passei a evitar a estrada do cemitério. Incomodava-me imaginá-la enfiada na terra, ali tão perto. Não queria avistar esse lugar. Não concebia que se pudesse acabar enterrado como uma pedra.
A minha avó informou as instituições de que, pela nossa parte, os restos mortais ficavam em Luanda. O resto da família que decidisse.
No mês seguinte foi visitar-nos o único irmão do meu pai, emigrado em França. Era o meu tio Lourenço, que só conhecia de fotografia. Tinha vindo resolver o contrato de arrendamento da casa onde tínhamos vivido na Margem Sul. O senhorio pressionava, embora a renda continuasse a ser paga. Levou-nos duas caixas de cartão. Uma para a minha avó, com os álbuns de fotografias que eram da minha mãe, bem como papelada, cartas e livros. As cartas por ela escritas ao meu pai. Outra para mim, com objetos que me pertenciam. Não queria nada do que tinha deixado para trás. Não abri a caixa. Tive medo de lhe tocar. O meu tio almoçou connosco e eu limitei-me a ouvir a conversa dos adultos. Ele defendia que o meu pai tinha sido assassinado. A situação política em Angola era muito complicada. Havia setores que se opunham ao governo e esses

eram presos e executados à luz do dia. Ou da noite, como no caso do meu pai e do amigo. A versão do meu tio era coerente com a personalidade do meu pai. Era demasiado reto. Se fosse testemunha de uma situação que traísse os ideais socialistas opor-se-ia. Se foi para Angola para ajudar a erguer uma nação livre de aleijões do colonialismo, de corrupção, livre a sério, estava no lugar errado. Os aleijões colonialistas tinham ficado todos. Mais fortes ainda. Sem ordem cívica nem piedade cristã. Até os padres eram liquidados. Se emitiu opinião, se se envolveu na situação, caiu por terra.

Para além da política, o meu tio contou-nos que tinha esvaziado a casa da Margem Sul, deitado fora o velho e oferecido à paróquia o que ainda prestava. Pouca coisa. Roupas. Alguns móveis. Mostrou-se disponível para me ajudar, se eu quisesse ir trabalhar para França. Encarregar-se-ia de me arranjar trabalho. Em França ganhava-se bem. Nas obras. Nas fábricas. Em todo o lado. Havia sempre trabalho. E era uma bela terra. Civilizada. Vinte anos à frente. Ou mais.

— *Oué* — dizia ele —, *on se débrouille*. E tu, ainda por cima, já aprendeste *français* na escola. Não vais às cegas. *Oué. C'est ça!* Para ti *c'est plus facile*.

— Nem pensar — disse de imediato a minha avó. — O José anda na escola. Está a estudar para ser alguém.

"Querias!", pensei eu.

Quando ele se foi embora, arrumei a minha caixa na arrecadação do quintal, ao lado da capoeira.

A minha avó perguntou:

— Não abres a caixa?

— Não.

— Queres ver as fotografias que o teu tio me trouxe?

— Não.

* * *

Nos dias seguintes, a caixa não me saía da cabeça. O ano em Mafra tinha durado uma década. Tudo tinha ficado para trás do tempo. Tinha medo do que a caixa pudesse conter.

— Medo de quê? — perguntou a Cátia, no último dia das férias da Páscoa depois do almoço, quando lhe contei.

— Não sei. Medo de ver alguma coisa que não quero. Medo do que me vai fazer lembrar. O que é que fazias, se estivesses no meu lugar?

— Abria-a logo. Não ficava a remoer.

Acercámo-nos da arrecadação, como de uma casa assombrada. Eu, à frente, abri a porta. Ela fechou-a.

Ajoelhei-me sobre a caixa e destapei as abas.

A primeira peça que vi foi a camisola verde que me lembro de ver a minha mãe tricotar já com dificuldade e que não estreei no dia de Natal. A sua prenda.

— Veste-a — pediu a Cátia.

Enfiei-a pelo pescoço, mas os braços passaram com dificuldade. Ficava-me curta. Afinal, eu não tinha encolhido, como dizia a minha avó. Tinha crescido. Por baixo dela, estavam mais prendas: o livro sobre cães que tinha andado a namorar na livraria e um embrulho com uns collants de vidro em cor de areia, que comprei para oferecer à minha mãe, sob conselho da d. Rosa. A minha prenda para ela. Provavelmente o meu tio encontrou a casa com a árvore de Natal ainda montada e tinha enfiado na caixa as prendas que a rodeavam.

No fundo da caixa vi a minha mala da escola intacta. Abri-a, tirei o estojo, peguei numa esferográfica Bic Cristal preta e risquei no caderno de português. Não escrevia. Rolei-a entre as palmas das mãos e aqueci-lhe o bico com o bafo. Testei-a escrevendo o meu nome a seguir ao último sumário do primeiro período do ano anterior, datado de 16 de dezembro de 1976, no qual se lia, "Entrega e correção dos testes de avaliação". A Bic escreveu. Fiquei a contemplar a caneta. Como é que se mantinha igual? Como é que lhe bastava um pouco de calor para voltar a funcionar como se nada tivesse acontecido?

Olhei para a Cátia, pedindo socorro. E agora?
— O que é que vais fazer com isto? — perguntou-me.
— Não sei.

Fechei o caderno. Voltei a meter os materiais na mala e sentámo-nos em cima de uns sacos de serapilheira, olhando para a caixa.

— Eu acho que devíamos levar isto para o monte, para não estar aqui a estorvar.
— Para o monte, como?
— Levamos a caixa os dois. Escolhemos um sítio qualquer, marcamos e enterramo-la aí.
— Não quero enterrar coisas.
— Mas precisas disto? Vais deixar ficar aqui?
— Não sei — e, logo a seguir: — Não!
— Ficamos com o livro dos cães.
— Não. Nada. Fica com ele para ti.

Pegámos num pequeno sacho com cabo de madeira e seguimos para o monte com a caixa.

Havia movimento. Passavam muitos carros na estrada. O gado pastava. A Cátia disse:

— Esta área está cheia de porcaria das ovelhas. Vamos mais para baixo, para perto dos arbustos grandes. Daqui a uma semana já estão com flores.
— Aqui está bem — exclamei.

Escolhi uma giesta pequena, afastei os excrementos à roda com o sacho e escavei uns quarenta centímetros, rasgando o solo e extraindo pedras e raízes. A Cátia foi ajudando. Estivemos um bom bocado naquele trabalho até conseguir fundo suficiente. O solo era duro.

Pousei a caixa no buraco e tapei com a terra retirada. Propus-me disfarçar o chão revolvido com folhas e ramos, mas a Cátia dissuadiu-me.

— Amanhã deve chover e depois não se nota nada.
— E cresce erva por cima — acrescentei.

Encostei uma pedra branca, do tamanho de um pão grande, junto à raiz do arbusto. Uma marcação. Pousei a mão no pescoço, sobre o lenço da minha mãe. Ficámos a observar a obra feita.

A Cátia disse:
— Chega de monte. Vamos às casas velhas ver a ninhada que a gata amarela teve ontem.

Assobiei ao Cristo e respondi:
— Vamos lá.

* * *

Após a longa história, eu e a vizinha permanecemos sentados em silêncio. Sentia-me atordoado pelo que acabara de reviver.

Ela perguntou:
— Alguma vez desenterrou a caixa?
— Não. Esqueci o assunto.
— Quer dizer que ainda lá está.
— Não faço ideia. Eu saí de Mafra no final dos anos 80 e não regressei a casa da minha avó. Não voltei ao monte. Não gosto de regressar aonde deixei partes de mim.
— Voltou a este bairro, apesar de tudo.
— Não sabia para onde ir. Lembrei-me da d. Rosa. Do baldio, onde encontrei o Cristo e onde agora está a Urbanização da Cooperativa. Este bairro era o único lugar ao qual sentia ter pertencido. Já não tinha nada que me prendesse a Mafra.
— Tinha a sua avó.
— Tinha, mas não podia continuar a viver com ela. Precisava de me fazer à vida.

— Você namorou com essa tal Cátia, não foi?
— Mais ou menos.
Nesse instante, a memória da pele da Cátia invadiu a minha mente e vi-me com ela tantos anos atrás. Estávamos na tapada, onde tínhamos ido avistar aves. Deitámo-nos no chão a fantasiar sobre o futuro. Ela queria ser hospedeira da TAP. Para viajar. Eu não sabia o que queria ser. A única certeza que tinha era a de que não gostava da vida dos adultos. Mas todos vaticinavam que isso havia de me passar.
A meio da nossa conversa, a Cátia inclinou-se para mim, levantou-me a camiseta e disse:
— Quero experimentar uma coisa.
Levantou igualmente a t-shirt branca com riscas vermelhas, que lhe ficava bem na pele morena, e encostou o seu peito ao meu. A sua pele estava morna. Os biquinhos incipientes do peito quase raso eram macios. Fechei os olhos com surpresa e deleite. Esfregou o peito no meu, pôs as mãos na minha cabeça, afastou-me os cabelos da cara e beijou-me os lábios. Depois lambeu-mos. Murmurou:
— Vou experimentar os beijos que eles dão com a língua. — Senti a aspereza da sua língua envolvendo-se na minha. Pareceu-me nojento nos primeiros segundos, mas passou. Entusiasmei-me e abracei-a pela cintura. Quando o fiz, ergueu-se e exclamou:
— Não penses que gosto de ti dessa maneira. Foi só para experimentar.
Fiquei muito quieto. Tentava perceber o que se seguiria. Sentia os lábios húmidos da sua saliva. Desejava beijar-lhe os peitos pequenos. Mas não podia estragar tudo. Tinha de esperar por outra oportunidade.

3.
O passado acabou

Xeque-mate

A vida é morte. Vim desse país. Pertenço-lhe. Regressarei como bom filho. Tenho cumprido o meu caderno de encargos sem lamentações. Pelo meio não pude evitar as dores ferradas nas costas. A picada do frio e a da fome. O conforto da soalheira e o da saciedade. Uma bela passagem. Revolvida e tumultuosa, incendiada como uma pintura de Turner. Depois, de novo, a morte. A nossa doce casinha.

A minha vizinha pode guardar em caixas o que lhe foi deixado pela linhagem desde d. Afonso Henriques. Eu e ela podemos carregar do lixo milhões de candeeiros e monitores de computador obsoletos à espera de que chegue o fim do mundo para fazer bom lucro, mas a morte chegará muito antes. No dia certo. Seguiremos outro caminho. Só as pedras se erguem, intemporais, contemplando o tempo que as esculpe. As pedras estão à nossa frente no caminho evolutivo. Eis onde desejaria chegar. Apenas existir. Como as pedras.

Quando tomei a decisão de visitar a minha avó sabia que ia encontrá-la com noventa e seis anos. Não esperava vê-la no melhor estado. O tempo teria esculpido a minha avó tal como me esculpiu a mim. Não poupa ninguém.

No dia em que cheguei a Mafra com a vizinha, ela esperava-me à porta exatamente como no dia em que o meu pai me levou com o Cristo. Ali estava a minha avó Josefa sorridente, apesar das dores no corpo. Corcovada, trémula, apoiada em duas bengalas. Tinha o mesmo olhar de paciência corajosa e limpa. Tão velhinha, mas com luz no olhar. Não tinha perdido o fogo que nos sacode, nos atira para a frente, que é vida e que é morte. O fogo no corpo, como me dizia a angolaninha da churrascaria do bairro, cujo rasto perdi quando me levaram para Mafra. O fogo na alma.

Assim que a encarei senti-me embaraçado. Culpado, de novo. Abracei-a pedindo desculpa em silêncio. A vida não me deu tempo para me tornar mau filho. Mau neto, sim. O rapaz obscuro ficou guardado para a minha avó. Ela herdou os farrapos com os quais também vivi. Vivia ainda. Tinha de ser honesto quanto a mim, como me esforçava por sê-lo quanto aos outros: eu não valia grande coisa. Não me apegava às pessoas. Não quis ninguém na vida. Nenhuma mulher me suportou. Algum defeito eu tinha que elas logo sentiam. Um mau funcionamento. Nunca fui seguro. Não queria a prisão de uma mulher. Nem qualquer outra. Houve sempre uma fronteira intransponível entre mim e os outros. Era a verdade. Bastavam-me as mulheres casadas. Mulheres de passagem. Mesmo que fossem infelizes no casamento não pretendiam dissolvê-lo. Tinham filhos e já estavam servidas. Assim, nos servíamos mutuamente sem queixas nem exigências.

Que raio de vida era a minha? Que tipo de homem tinha saído? A culpa era minha, não dos outros. Cansava-me das pessoas. Desistia e desaparecia. Não mantinha ninguém. Todos estragados, exceto os cães. Completos como pedras, esses. Os cães eram a única prisão na qual queria viver.

Precisava de uma outra vida para lavar esta. Precisava de muitas vidas seguintes para lavar a próxima, até me transformar num monólito que recebe a dádiva do sol e a do gelo com igual passividade. Ou numa árvore agarrada à terra por extensas raízes comunicantes. Uma línguagem universal que ainda não conhecemos. Nós imperfeitos. Nós atardados na perfeição.

Nesse dia em que cheguei a Mafra e vi a minha avó de novo, levantei-a no ar. O sentimento de culpa e o de alegria disputavam lugar. Ela tinha-se tornado frágil e leve como uma pena. Caíram-lhe as bengalas das mãos. "Põe-me no chão, rapaz", disse, preocupada, não conseguindo evitar pequenas risadas. Obedeci. A vizinha apanhou as bengalas e colocou-as a jeito de serem agarradas.

Chegou a Florinda, apressada, com os seus gestos nervosamente católicos, muito solícita. Vinha atrasada e desgostosa por ter perdido a primeira cena.

— O menino de volta! Chegou mais cedo do que esperávamos. Seu grande malandro! Ai, menino, cuidado com a d. Josefa. Com calminha. Não calcula a falta que tem feito à sua avozinha. Há que anos à sua espera! Que necessidade tem de andar na vida que leva lá longe? Ai, o menino, o menino!

Cumprimentei a d. Florinda com correção e apresentei-lhe a vizinha. Ela não se conteve e afirmou:

— Muito prazer, minha senhora. O Zé é bom menino, mas toda a vida deu trabalho.

A vizinha dirigiu-lhe um olhar gelado e respondeu, impassível:

— O prazer é meu.

Entrámos em casa na confusão dos salamaleques falsos da Florinda e dos receios da vizinha com os cães, que se controlou como nunca tinha visto. Estava entretida com a telenovela da nossa família. Ocupada e fascinada com o que lhe era dado assistir.

A Florinda mostrou-se zelosa da minha avó, com o cuidado excessivo de quem pretende sair bem no retrato. Sentou-a no sofá, tapou-a com a mantinha e ajeitou-a.

— Quer um chazinho, minha querida? Não vá para o frio atrás do seu neto e da senhora amiga, para não se constipar.

Falsa. Eu e a vizinha contemplávamos a Florinda agoniados, ansiando que nos deixasse em paz, que saísse e seguisse a sua vida. Mas foi-se demorando. Colocou lenha na salamandra enquanto se queixava de que a avó dava muito trabalho, que tinha um geniozinho nada fácil, e a cada dia estava pior. Tinha a mania de se pôr a deambular pela casa sem poder fazê-lo. Por vezes chamava o táxi e saía sozinha sem dar explicações e ignorando os riscos que corria. Podia escorregar e cair. Se partisse o colo do fémur era o fim. Tinha acontecido a um senhor da rua. A mais do que um. Acabavam todos em lares e duravam poucos meses. Os lares não são como a nossa casa, já se sabe. Pessoas como ela, Florinda, disponíveis, atentas e cuidadosas eram raras. Podia dizer-se que já não existiam. Mesmo com a idade que tinha e as doenças de que padecia, ainda se mexia bem. Tinha muito trabalho com a minha avó. Trabalhava barato. O que recebia já não pagava os cuidados que lhe dedicava. Todas as cuidadoras de idosos recebiam mais, mesmo as africanas, brasileiras ou as moldavas, que não eram a mesma coisa. Tínhamos de pensar na sua situação, doravante.

Eu e a vizinha entreolhámo-nos. A minha avó manteve-se calada. O silêncio ocupou a sala. Aguardávamos que a Florinda compreendesse que estava a mais e se dispusesse a sair sem termos de lhe mostrar o caminho, o que nunca faríamos por educação. Demorava. A minha vizinha avançou com uma ajuda inesperada.

— Temos boas notícias para si, d. Florinda. A partir de agora a senhora vai poder descansar. A d. Josefa já pôs o José a par do seu sacrifício. Viemos cá exatamente porque ele estava preocupado com a situação. Viemos tratar da avó e por aqui ficaremos. Resolve-se o assunto e a senhora fica livre.

A Florinda emudeceu. Olhou para a minha avó. A minha avó fixou os olhos em mim. Eu cravei os meus na vizinha. A vizinha fitou a avó. A avó observou a Florinda. Ela encarou-me incrédula. Eu observei atentamente a minha avó. A minha avó olhou de relance para a vizinha, impressionada com tanto desembaraço e a vizinha fitou-me com uma determinação inabalável, disposição que me limitei a transferir para a Florinda. Foram dois segundos em silêncio. Três. Não mais. Talvez nos tenhamos olhado por outra ordem. O que interessa é que tudo ficou decidido naquele momento. Não se podia perder a extraordinária oportunidade criada. A surpresa era uma eficaz arma de ataque. E rematei, pegando nas últimas palavras da vizinha:

— Exatamente. É isso, d. Florinda. A senhora fica livre. Vamos tratar da minha avó a partir de agora. Não imagina as voltas que tive de dar à minha vida para aqui estar. A senhora fica aliviada de tanto que lhe estava a pesar. Pensei bastante no assunto. É uma solução com a qual ficamos todos felizes. O favor que nos prestou é inestimável. Nunca lho poderemos retribuir em igual medida. Nunca. — Fixei-me na minha avó, cujo olhar mal continha a surpresa e a ironia relativamente ao que presenciara. Tomei como sinal de assentimento o que li nos seus olhos. Estava dito. Estava feito. Tinha-me saído bem.

A Florinda deixou cair o pedaço de lenha que segurava, sacudiu a saia e disse, tomada pela surpresa:

— Muito bem. Muito bem. Ora. Pois muito bem. Então vou. Deixo-vos para conversarem à vontade. Se precisarem de alguma coisa é só dizer. D. Josefa, tem o meu número, veja lá. Fica bem? Pronto, pronto. Até amanhã.

Quando saiu ficámos a contemplar as brasas na salamandra sem dizer palavra. Tinha sido um xeque-mate em beleza. A Florinda estava despachada. Vendo bem, não tinha sido eu a pedir ajuda à vizinha para visitar a minha avó e descobrir maneira de a apoiar na sua solidão e fragilidade. Tinha sido obra do meu anjo da guarda em conluio com o dela. Conferenciavam na nossa ausência. Abençoados. Se a vizinha conseguisse ser tão decidida relativamente aos seus tarecos como fora com a deixa que colocou a Florinda fora de jogo, teria a vida resolvida. Abençoada vizinha.

A minha avó lembrou que a Florinda tinha deixado jantar feito. Havia lombo de porco assado com batatas no forno e feijão cozido com arroz e grelos. Podíamos escolher à vontade, sabendo ela que o porco não seria para mim. Era melhor eu ir aquecer o jantar. Fui para a cozinha, liguei o forno e acendi o lume. Onde estariam os pratos e os talheres? No mesmo lugar, após tantos anos? Sim, tudo igual. Era só preciso colocar a comida nas travessas, pôr a mesa que podia ser mesmo na cozinha e trazer a minha avó. Íamos jantar cedo. Melhor. Depois podíamos sentar-nos a conversar na sala, quentinhos.

Consegui ouvir a minha avó e a vizinha falarem lá dentro. Estavam a dar-se bem. A minha avó tratava-a por menina. Ela, muito educada, respondia sra. d. Josefa isto e aquilo.

A comida aqueceu. A vizinha exclamava em voz alta, para que chegasse aos meus ouvidos:

— Que cheirinho! Que delícia! Esse lombo! Apesar dos defeitos todos, a Florinda cozinha bem.

1984

O Cristo deixou de morder quando nos mudámos para Mafra. Penso que terá sentido paz, finalmente. Em casa da minha avó não havia diferendos nem ralhos. As ameaças tinham acabado. A casa da minha avó era o paraíso, embora a minha orfandade tão repentina não mo permitisse percebê-lo. A alma doía-me embora eu não soubesse o que era a alma nem que tinha uma. Vivia. Punha um pé à frente do outro.

Vi o Cristo envelhecer. Ficou coberto de pelos brancos. Passou a mexer-se pouco. Dormia o dia todo. Ganhou uma película opaca sobre os olhos e perdeu dentes. Lembro-me dele velho, deitado no tapete, fitando a porta, à espera que a minha avó chegasse com o saco das compras. Lembro-me das gatas da minha avó que dormiam em cima do guarda-roupa. E da Cátia, esquiva, que foi a minha tábua de salvação. Por quem fazia tudo. Minha amiga e minha fantasia. Passeávamos juntos pela vila ou ficávamos sentados a conversar no quintal. Muitas vezes não falávamos. Apanhávamos sol. Ouvíamos música. Falávamos sobre as novas bandas de música pop e rock, nacionais e internacionais. Quem eram os melhores: Xutos ou UHF? A voz do Rui Reininho era coisa que se apresentasse? A Cátia adorava o António Variações e o Ney Matogrosso. E também o Boy George. Eu fazia careta aos três e gostava do Rui Veloso, o que gerava discussão. "Chico Fininho, uh, uh, Chico Fininho, uh, uh. Aos esses pela rua acima", cantava-lhe eu, para a fazer rir e desanuviar. E gostávamos dos Dire Straits sem dissonância. Sempre que os punham a tocar na rádio, levantávamo-nos e dançávamos com energia, como se estivéssemos na pista da discoteca.

Como som de fundo da nossa contemporaneidade musical escutávamos a minha avó distribuindo a comida pelas galinhas.

— Ti-ti-ti. Ti-ti-ti. Estão com fome? Pois claro, hoje atrasei-me. Desculpem. Vamos lá comer tudo para porem ovos amarelinhos. Calma, Micas, calma: vou já tratar de ti!

— A galinha chama-se Micas porque nasceu no dia de são Miguel, sem patas — explicava eu à Cátia. — A minha avó criou-a como a um passarinho que cai do ninho. Vive numa caixinha com a palha mudada todos os dias. É uma galinha especial. Quando nasceu, a minha avó disse-me, "ela nunca andará, mas vai ter um trono, como Deus". E tem mesmo.

— Isso é bonito — respondia a Cátia com respeito. E acrescentava. — Tu és parecido com a tua avó.

— Achas?

— São iguais.

— Não somos. A minha avó não é como eu. Ela não concebe um mundo no qual não matemos nem comamos os animais.

— E caminhemos com cuidado para não pisar insetos. Como os jainistas na Índia.

— Isso. A minha avó diz que são romantismos. Utopias. Que temos de comer alguma coisa, que é impossível viver sem matar. Eu respondo-lhe que há muitas pessoas no mundo que nunca comeram carne. No Oriente, por exemplo. Na Índia, não é? Há milhões de pessoas que nascem, vivem e morrem sem nunca provar o sabor da carne. São vegetarianos. Em Lisboa já há restaurantes onde só se come comida macrobiótica. Ela acha que são modas.

A Cátia declarou muito séria:

— Eles e nós somos pessoas muito diferentes. Eles não veem que os animais estão à mercê de tudo, que só se têm a si próprios, que os seus corpos são a sua casa. As lindas vaquinhas no campo são bife a levedar. Nenhuma alma os protege. Nenhum tribunal os defende.

— É como se falássemos línguas diferentes.
— Tratam os animais como pedras.
— A minha avó não.
— A tua avó não!
— Mas, seja como for, não veem. Não conseguem, não podem ou não querem.
— Eu penso que as pedras também não são só pedras. Aquecem, esfriam, gastam-se. São testemunhas silenciosas do tempo. Como as árvores. Já observaste este pinheiro onde a minha avó pendurou a casinha dos pássaros? Já o ouviste falar.
— Vais dizer que as árvores não são apenas árvores.
— Vou. É impossível que a matéria não saiba que está viva!
— Não exageres. Uma cadeira e uma mesa não podem saber que estão vivas. A caixa de madeira onde a gata pariu sabe que está viva?
— Está viva de outra maneira. Recebe e acolhe vida. Há mais qualquer coisa.

Fiquei a pensar no assunto. Era tão bom ter a Cátia como amiga. Partilhávamos os mesmos ideais e sabíamos que, mesmo que nos achassem loucos, estávamos certos como as ondas do mar, o impiedoso vento de Mafra, as flores na primavera e as fogueiras do santo António.

* * *

Após o jantar, durante o qual a avó nos contou as novidades do bairro, casamentos, nascimentos, mortes, mudanças de casa, lojas falidas, sentámo-nos na sala com uma chávena de chá para compor o estômago. Fui o primeiro a falar. Desprendi os olhos das brasas que me hipnotizam e disse:

— Espero que esta decisão relativamente à Florinda lhe agrade, avó.

Ela respondeu com ponderação.

— Agrada-me, Zé, mas temos de falar melhor. Percebo que leste as minhas cartas com atenção e não tenho nada a alterar no que te contei sobre a Florinda, mas tens a tua vida na Margem Sul. Eu estou fraca. Não consigo fazer a minha comida nem tomar banho sozinha. Estou numa idade em que dou trabalho. Não quero, mas dou. A Florinda, mesmo bruta, vai fazendo. E eu não gostaria de sair da minha casa.

— Falaremos melhor, mas peço-lhe que pague à Florinda e a mande embora. Não a posso ver nem ouvir. O espetáculo que veio dar à nossa chegada foi lamentável. Percebi quão falsa é. Nunca o tinha percebido antes. No passado.

— Eras muito novo.

— Assim que cheguei lembrei-me desse tempo. Os anos da escola. Os pombos. O Cristo. A Cátia.

A minha avó retomou o final da minha frase.

— Essa Cátia.

— Fomos bons amigos.

— Foram terríveis. Lembras-te do ano em que eu e a Florinda fomos chamadas à escola porque fizeram a horta clandestina?

— A escola tinha muito terreno não aproveitado. Havia um mato enorme nas traseiras. O terreno era fértil. As sementes de laranja que cuspíamos para o chão germinavam assim que tocavam a terra. A horta só foi clandestina porque a diretora de turma disse que nunca nos autorizariam a ter uma legal.

— E quando levaram os cães vadios para o interior do recinto? Andavam no nono ano. Os cães acabaram todos no canil.

A vizinha encolheu-se.

Sim, lembrava-me bem. Tinha saudades do tempo em que eu e a Cátia fazíamos acontecer um novo mundo, sem medo de nada nem de ninguém. O mundo da nossa consciência. Justo, coerente e piedoso. Valores esvaziados pelos que se diziam muito santos. Nem a professora de moral e religião nos apoiou. Ia à missa todos os domingos. Que boas acções confessaria?

— Na escola havia espaço e abrigo para os cães! Podíamos tratar deles. Bastava levarmos a comida. Podíamos organizar--nos por turmas. Como com a horta. Não estávamos errados. Pensávamos e questionávamos tudo. Por que é que era obrigatório aprender matemática, mas ninguém nos ensinava a cultivar uma horta nem a cuidar dos animais? Voltaríamos a fazer o mesmo. Tenho a certeza. Eu voltaria.

— Tiveste uma grande pancada por ela. Gostavam das mesmas coisas. Ela lá teria as suas qualidades, mas não era como tu. Ela nunca foi como tu.

Certo. A Cátia não era como eu. E depois? Temos de ser iguais uns aos outros? A vizinha também não era como eu nem como a Cátia e estava ali. Tinha acabado de me prestar uma ajuda de vulto. Ela sabia aproveitar oportunidades. Eu tinha pouco jeito para as agarrar. Talvez tivesse uma tendência para pessoas que não eram como eu. E depois? Não somos todos da mesma massa apesar das nossas diferenças? A Cátia foi importante na minha vida. A Cátia não era como eu, mas era melhor do que todos. No dia da minha morte recordá-la-ia de certeza. Vê-la-ia de novo, assertiva e sorridente. "Vamos soltar os gatos." Quem passa por nós fica. Para além do fim. Mesmo que queiramos esquecer, um dia voltaremos a essas baixas em combate.

Ouvi a vizinha dizer em voz baixa, só para si.

— Sem dúvida. Sem dúvida.

Sem me aperceber tinha pensado em voz alta. Tudo fora escutado por elas.

A minha avó não se deu por vencida sobre o tema Cátia e continuou:

— Nenhum dos dois foi à festa de finalistas no último ano do liceu. Foram os únicos que faltaram. Eu e a Florinda ficámos envergonhadas naquele grande salão de baile cheio de gente, no meio dos outros pais, sem saber o que dizer ou fazer. Telefonámos para o hospital à vossa procura.

— Expliquei-te isso há muitos anos, avó. Contei-te o que fizemos.

— Lembro-me muito bem.

Olhei para a vizinha e justifiquei-me:

— Fomos curtir a noite no jardim municipal. A Cátia fumou ganzas e eu comi amendoins. Levámos uma garrafa de moscatel da Florinda, que bebemos inteira.

A vizinha sorriu ironicamente e perguntou:

— Por onde anda essa Cátia?

Eu não fazia ideia. A minha avó respondeu:

— A Florinda deve saber. Mas eu não tenho interesse no assunto. Bastou-me.

E continuou, dirigindo-se à vizinha:

— O meu neto e a Cátia acompanharam-se e defenderam-se mutuamente das crueldades da adolescência. E da ausência dos pais. Os avós não os substituem. Pelo menos na idade que já tinham quando ficaram sozinhos. Foram importantes na vida um do outro, sem dúvida. Unia-os a perda. A rebeldia, a insubmissão. Os animais. As leis das suas consciências. Mas eles não eram iguais. O José sempre foi bom aluno. Nunca precisei de o incentivar. Conseguiu voltar a concentrar-se nos estudos após a derrocada da mãe e o desaparecimento do pai. Ouvia o que os professores diziam nas aulas e aprendia. Lia os manuais como se lê um romance. Tinha curiosidade genuína. Nem precisava de estudar. Não era o caso dela. Sem o José, teria marcado passo na escola. Teria ficado para trás. Mas sem ela, admito, o José teria sofrido com os colegas. Nunca suportou a pressão dos pares. Não era agressivo, mas calava-se, afastava-se, e a certa altura passou a dar respostas secas a quem não o deixasse em paz. A companhia dela equilibrava-o. Sabia desenvencilhar-se contornando obstáculos, como um piloto de automóvel numa gincana. Defendia-o. Mas quando lhe deu jeito também se livrou dele sem contemplações!

Acrescentei informação ao que a minha avó acabara de revelar.

— A Cátia não era assim tão literal. Andava à procura, queria compreender-se, interrogava-se. Como eu. Fui bom aluno, é certo, mas nunca gostei da escola. Nunca me conformei com as regras. Tive chatices com colegas e professores. Nunca me deixei contagiar por hábitos com que não concordasse. A maior parte das situações em que somos colocados merecem um veemente não. Eu não faço isso. Não colaboro. Não vou. Fui esse rapaz. Dizia não concordo, não é correto. As pessoas tudo aceitam por educação, para não ter problemas. É a melhor forma de viver. Agora percebo. Mas quando era garoto pegava de caras. O que é que cada um de nós aprende na escola? A levar porrada. A dar porrada. A fugir de levar porrada. A obedecer. A mentir. A disfarçar. A passar despercebido. A humilhar. A ser humilhado. A viver com outros segundo regras estipuladas. A fingir que o trabalho em grupo é produtivo. A gerir estratégias de trabalho em grupo sem andar à porrada, para no futuro andar à porrada no trabalho, sem qualquer estratégia de grupo.

— O que se aprende na escola é o mesmo que se aprende no emprego e na família. É a vida, Zé — concluiu a minha avó.

A vizinha voltou ao assunto Cátia, que não parecia querer largar.

— Não querem mesmo conhecer o destino da Cátia?

Respirei fundo. Respondi à sua curiosidade:

— A Cátia foi-se embora há muito tempo, vizinha. Desapareceu. Assim — ergui os braços e estalei os dedos da mão direita. — Sempre gostei dela. É isso que quer saber? Namorou com toda a gente na escola. Eu pensava que um dia se fartaria e olharia para mim. Nunca aconteceu. Foi-se embora no final do décimo segundo ano. Depois eu passei-me.

A minha avó interveio.

— Bem, bem. Eu explico: o meu neto ficou doente no final do secundário. Teve as melhores notas da escola e podia ter entrado para o curso que quisesse, mas ficou bloqueado. As aulas acabaram em junho, o Cristo morreu em julho, quando estavam em exames, e em agosto ele fugiu com a Cátia.

— Não foi bem assim. Ela veio buscar-me.

— Seja. Um dia cheguei da rua e ele não estava em casa. Tinha-se ido embora. Deixou-me um bilhete em cima da mesa dizendo que iam fazer o *Interrail*. Imagine a minha preocupação. E a minha dor.

Continuou:

— No último ano da escola a Cátia mudou. Enfim, ela nunca foi certa. Era uma rapariga difícil de categorizar. Escorregava como uma enguia por entre as mãos. Nesse ano foi de férias à Amadora, onde tinha família, e regressou diferente. A Florinda disse-me que achava que ela fumava e não era só tabaco. Era haxixe. Marijuana. Essas coisas. Eu não queria que o José a acompanhasse, mas era impossível separá-los. Ele tinha aquela grande inclinação. Já era homenzinho e o tempo da educação autoritária tinha acabado. Eu não sabia o que era melhor ou pior para ele, o que estava certo ou errado. O mundo tinha mudado. Tinha dado um salto de gigante. As regras de conduta do meu tempo eram antiquadas. Foi muito difícil lidar com o José. Perdeu o pai e a mãe com pouco tempo de intervalo e em circunstâncias difíceis de perceber e aceitar para um miúdo. Não lhe podia dizer que a mamã e o papá tinham ido para o céu. Ele viu-se obrigado a lidar com a verdade. Aos treze anos o José era um miúdo com passado. Preocupava-me em protegê-lo, mas não em excesso. Queria que ultrapassasse a perda, mas que se habituasse aos embates da vida. Que tivesse uma vida.

Era a opinião da minha avó. Eu sempre tive uma vida. Podia não ser a que imaginou, mas era a minha vida. Pensei.

— A Cátia também tinha um passado quando aqui chegou — lembrei-lhe. — O pai era toxicodependente. A Cátia tinha presenciado muita violência na Amadora. Endureceu cedo. A mãe arranjou emprego na Suíça para se equilibrar. Foi a saída que encontrou para se separar do marido. Quando a conheci éramos órfãos diferentes, mas órfãos. Nesse último ano é verdade que começou a fumar todos os dias. Mesmo antes de ter ido à Amadora já o fazia. Ela convivia com colegas de outras turmas. A partir do décimo primeiro ano começou a ser constante. Antes das aulas. À hora do almoço. No final das aulas. À noite. Muitas vezes nos intervalos. O ambiente era esse. A droga era natural nos anos 80. O que quiséssemos, quando quiséssemos. Bebia-se um café e fumava-se um charro. Estava implícito na roda social. Na cidade ou na província. Mesmo que não se tivesse interesse pela droga, ela vinha ter connosco. A certa altura tínhamos um cigarro nas mãos e era suposto dar uma passa e fazê-lo circular. Eu não gostava do estado ausente em que a Cátia ficava depois de fumar. Alheava-se. Não dava para conversarmos. Mas fazia tudo por ela.

* * *

Há anos complicados em que tudo acontece e não fica pedra sobre pedra. 1984 foi um desses anos. A morte do Cristo tinha posto fim a uma etapa. Acabei o secundário, o que concluiu outra. Acabaram as aulas e a Cátia foi definitivamente para a Amadora: terceira mudança. Quarta: a minha avó reformou-se. Passou a ficar em casa o dia inteiro. Livre da canga do ministério.

Umas semanas depois de partir a Cátia reapareceu. Foi assim, tal e qual: esperou que a minha avó saísse para ir ao supermercado, bateu à porta e surgiu-me à frente. Abraçámo-nos. Sentíamos a falta um do outro. Ir com ela, irmos juntos era o caminho natural. Não fizemos *Interrail* nenhum. Foi desculpa que nos ocorreu nos poucos minutos que tínhamos. A minha avó não se demorava nas compras. Eu tinha de lhe deixar uma explicação. Um bilhete.

Não havia nada para mim em casa da minha avó. Só os pombos. Adorava-os, mas queria mais. Ela tinha construído um pombal com caixas de madeira empilhadas, no quintal. Cada caixa era um ninho improvisado. Ao final de tarde os pombos recolhiam-se. Cuidar dos animais e do jardim dava sentido à vida da minha avó. Todos precisamos de um sentido. Ela distribuía pelo chão as malgas com a mistura das sementes. Os pombos espalhavam-se, comiam, e a seguir sentava-se contemplando-os, satisfeita. Conhecia-os um por um. Este é mais dado, o outro mais tímido. Este pica naquele: tive de os separar. Estava no seu mundo. Aguentou toda uma vida de trabalho repetitivo esperando por aquela felicidade. Certos dias acordava com menos força, mas sempre com um sorriso. Tinha travado a sua longa guerra. Eu estava no início da minha. Também precisava do meu sentido. Queria ter uma vida, como todos diziam, mas não igual à deles. Não planeava ir para o trabalho de manhã e sair ao final da tarde, para produzir e arquivar documentos administrativos, como a minha avó. No dia seguinte, uma resma de processos iguais, com as mesmas fórmulas, as mesmas palavras. Quarenta anos de processos, com intervalos aos fins de semana e um mês de férias anuais. As pessoas gastavam hora e meia para chegar ao local de trabalho e outro tanto para regressar. Pelo meio funcionavam. Mesmo que funcionar significasse estar sentado à porta a verificar bilhetes de identidade e a emitir cartões de visitante. Não me acorrentaria para me garantir o direito a continuar acorrentado até à reforma, até pagar a hipoteca da casa. Tínhamos conversas nas quais eu lhe repetia a minha posição face ao que se chamava mundo laboral. Eu preocupava-a. Sei que ela via em mim um parasita. Eu era um parasita. Admitia sem vergonha. Não sabia o que fazer. Nada me completava. Nada me dizia "este é o teu propósito". Só os cães, os animais, a natureza. Hoje olho lá para fora e está tudo igual, tudo errado. Não mudei assim tanto.

Na Amadora a Cátia estava instalada num quarto em casa de uns primos que estudavam na universidade. Cada um fazia o que queria, sem tutela. Ninguém estudava realmente. Para estudarem tinham de ir às aulas. Para irem às aulas tinham de se levantar cedo. Ninguém se dava ao sacrifício. A Amadora foi uma má ideia. Mas naqueles anos qualquer sítio teria sido uma má ideia.

Na Amadora, a Cátia rapidamente passou do charro para drogas mais duras. Fumava heroína. Toda a gente consumia alguma coisa. Passavam as noites no Bairro Alto. Apanhavam o comboio para o Rossio. Seguiam para os bares. Calcorreavam-nos. Bebiam cerveja e consumiam drogas a noite inteira. Vodka, aguardente, shots de absinto, haxixe, cocaína, enfim. Frequentavam todas as capelinhas onde lhes franqueassem a entrada. Todos pretendiam ser artistas de alguma coisa, embora cursassem engenharia, matemática ou sociologia. Cantavam. Tocavam. Escreviam poemas. Pintavam. Tiravam fotografias. Vestiam-se de forma distinta do comum mortal ao qual eram superiores. Especiais. Únicos. Acompanhava-os ocasionalmente e observava calado.

Ninguém tinha carro. Os transportes públicos acabavam cedo. O último comboio partia do Rossio quando a noite ainda estava a começar. Se a malta arranjasse boleia para a Amadora conseguia deitar-se quando o sol nascia. Se tinha de esperar pelos primeiros comboios da manhã, chegava a casa com ele já bem alto. No último caso, o mais frequente, todos conheciam vãos de escada pouco frequentados e entradas de prédios onde podiam estender-se a passar pelas brasas até a cidade acordar de novo. Chegavam a casa e atiravam-se vestidos para cima dos colchões, dormindo o dia inteiro, em desassossego, pouco e mal. Comiam mal. Esparguete com salsichas. Atum com arroz. Acordavam à hora de se vestirem e pentearem para repetirem a noite anterior e serem mundanos de novo. Replicavam a vida dos heróis dos filmes. Eram todos réplicas do River Phoenix ou da Isabelle Huppert. Eram as estrelas da *beat generation*. Se eu queria aquele tipo de vida? Entre a da minha avó e aquela viesse o diabo e escolhesse. Perdi o rasto à malta. É provável que se tenham transformado em senhoritos: professores, engenheiros e advogados. Não podem ter morrido todos com a droga, a hepatite, a sida. Se calhar são eles que deitam fora o lixo que eu aproveito.

A Cátia arranjou trabalho à noite a servir bebidas num bar. Parecia satisfeita. Trabalhar no Bairro era o cúmulo do estilo. O patamar seguinte implicava habitar no Bairro. Enquanto isso não estava ao alcance, precisávamos de dinheiro para pagar o quarto da Amadora, o passe, a comida. No caso da Cátia, também as bebidas e o resto. Pôs-me a trabalhar consigo, no bar, a servir às mesas. Recolhíamos pedidos. Entregávamo-los aos colegas do balcão. Levávamos aos clientes. Esforçávamo-nos por lembrar quem tinha pedido o quê. O ruído da música misturado com vozes, gritos e risos era intolerável para mim. No dia seguinte o mesmo. Uma folga por semana. Eu queria passar a vida a servir copos?

A Cátia envolveu-se com a colega que misturava os cocktails ao balcão. A *barwoman*. Uma rapariga uns anos mais velha, que conhecia bem os circuitos e dealers do Bairro. A Cátia dizia não estar apaixonada, mas com a *barwoman* a droga chegava-lhe de graça. Começou a passar menos tempo comigo. Deixou de ir à Amadora. Fiquei sozinho no quarto que partilhávamos em casa dos seus familiares. Tinha-me habituado a ela. Era a minha âncora.

Um dia comecei a fumar os mesmos cigarros. Ela tinha deixado com que os fazer e eu vira-a milhares de vezes a enrolá-los. Passei a fazê-lo tal como se toma um remédio de que não se gosta. Ajudavam-me a acalmar e a dormir. Os tempos iam incertos. Nesse interregno os charros ampararam-me. Permitiram-me atravessar os dias uns atrás dos outros sem os sentir, enquanto não via solução para a saída de cena da Cátia. O barulho no bar tornava-se mais suportável. Angustiava-me menos. Gostava de animais. Mas ser veterinário estava fora de questão. Podia arranjar trabalho no campo. Podia ser pastor. Mas sem ter de encaminhar os animais para o camião de transporte no dia do abate. Aguentava o bar, até aguentaria o trabalho da minha avó, por uns tempos, se fosse preciso para viver, mas levar os animais para abate, não.

Na passagem de ano a Cátia foi para Madrid com a namorada e não regressou. Mandou um postal de Paris. Estavam a fazer o *Interrail* juntas com o dinheiro amealhado a trabalhar no bar. Dormiam nas estações. Nas carruagens. Divirtam-se. Era inverno, mas no estrangeiro todos os lugares eram aquecidos. Frio só na rua. A Cátia parecia radiante. Foi quando tudo se precipitou para mim.

* * *

A minha avó tomou a palavra:

— O José ficou muito doente depois de ir para a Amadora. A Cátia e a droga fazem parte do cenário que o deitou abaixo. O que sei foi o que os médicos e terapeutas me contaram. Ele ficou com falhas de memória e nunca quis falar disto. Queres contar, Zé?

— Não. Nem sei por que é que estamos a falar disto. Como é que chegámos aqui? Que tal começar pelo trivial? O que se faz, como vai a vida? Que tal recomeçar a conversa?

— Paramos se queres.
— Ah, não parem — pediu a vizinha.
A minha avó olhou-me. Não me manifestei. Prosseguiu:
— Quando estava a viver na Amadora e a trabalhar em Lisboa, o José passou a fumar diariamente dezenas de cigarros de haxixe. Muitos. Constantemente. Ultrapassou os limites e ficou alterado. Tornou-se eufórico, extrovertido. Falava com toda a gente. No bar onde trabalhava dizia que tinha superpoderes, como Jesus Cristo. Achava-se capaz de ressuscitar os lázaros do mundo e fazer o milagre da multiplicação dos pães. Primeiro, viram-lhe graça. Mas com o passar do tempo entrou na demência. Realizava cerimónias sagradas e oferecia rituais na rua. Ajoelhado no chão, quando encontrava um bêbedo caído. Prostrava-se perante os desafortunados, os que eram puros de verdade. Com eles partilhava a humildade, o nada a que aspirava. Eles eram os seus mestres. Palavras dele, que me contaram depois. Nunca lhe contou nada disto? Então não o conhece bem. Desenhava símbolos místicos na direção dos desgraçados. Ele e a Cátia tinham a mania de andar a ler os livros sagrados do hinduísmo e do budismo. Requisitavam na biblioteca. Era o mundo deles. Um dia tiveram de chamar a polícia porque o Zé se tinha prostrado no meio de uma artéria de grande movimento perante uma ave que morrera de frio. Recusava sair. Causou um enorme engarrafamento na Baixa. Veio a polícia e levaram-no para o hospital, onde entrou feliz. Pensou que era o templo do Buda dos budas. Que estavam a tratá-lo como a um deus. Ter ali chegado era a maior honra que podia ser-lhe concedida. O segurança à porta do hospital era o guardião do templo. Os companheiros de enfermaria eram mágicos, feiticeiros, curandeiros, luzes acesas na escuridão humana. Extraterrestres, alguns. Enfim, o delírio, minha senhora. Pode escolher se quer rir ou chorar.

A vizinha escutava fascinada. Pela sua cara percebia-se que a história que ouvia rivalizava com as melhores telenovelas a que já assistira.

— Foi uma espécie de surto psicótico — exclamou.

— Foi um surto psicótico a sério. Esteve internado uns meses. Demorou a estabilizar. Depois de o internarem as autoridades contactaram-me. Foi nesse contexto que voltei a saber dele. Tinha o meu neto no hospital psiquiátrico. Passei a visitá-lo todos os dias. Levava-lhe chocolates, bolos. Para ele e para todos os internados que com ele conviviam na ala psiquiátrica. Ele partilhava tudo. Pediam-me cigarros. Penso que enquanto ele esteve internado fui a fornecedora de cigarros daquele ninho de cucos. Muita gente da idade dele. Com quadros de surto semelhantes. Nunca tinha estado numa ala psiquiátrica. Curiosamente, era uma confraria. Cada um com a sua pancada, mas todos unidos numa geral em que se viam como seres especiais, dotados de capacidades a que o comum mortal não acede. Esperei que a medicação começasse a fazer efeito, que lhe dessem alta e trouxe-o de volta a casa. O José nunca recuperou totalmente deste episódio. O que se percebe pela sua reação a esta conversa. Resumindo, a Cátia foi um desastre na vida do José.

Enquanto a minha avó descrevia esta fase da minha vida, não consegui evitar sorrir. Concordava com o que ela dizia. Eu tinha gostado do internamento e do convívio com os outros alienados. Pensei que estava no mais sagrado dos templos. Que me cabia aprender com os meus companheiros. Absorver o seu conhecimento. As mulheres eram poderosas. Magas supremas. O corpo estava na terra, o resto delas noutro lugar qualquer. Nas conversas que posteriormente tivera com a minha avó tinha-lhe declarado que não considerava que a loucura fosse assim tão má. Era um estado alterado de consciência. Tal como sonhar a dormir. Tal como permanecer em estado de meditação durante muito tempo, como fazem alguns monges budistas. Nunca disse a ninguém que senti uma entidade completa, finalmente realizado durante o tempo em que estive, como todos dizem, maluco. Ninguém o entenderia e nem eu o saberia explicar. A loucura era uma sanidade extrema, delicada, aguçadíssima. Limitei-me a responder à minha avó dizendo:

— A Cátia foi um desastre e uma bênção. Não a culpes de nada.

Ela olhou-me com complacência. Tinha desistido de me mostrar a Cátia que o seu coração via. Era inútil. Não me interessava a Cátia da minha avó. Só eu sabia o que ela tinha representado para mim. O amor que dedicamos aos outros é um propósito nosso. Por isso é tantas vezes não correspondido. Porque é o nosso amor. Só nosso.

— Fui feliz com a Cátia em Mafra. Fui feliz com o Cristo e com a minha mãe. Quando estive internado voltei a sentir-me acompanhado. A vida era mágica. Eu era uma faísca de Deus. Uma parte dele. Ainda tenho vislumbres dessa magia quando recupero um objeto após muito trabalho e consigo vislumbrar a sua beleza original. É a criação do mundo. Ou a recriação, se quiserem. Uma outra coisa muito melhor do que isto. E agora sou feliz com a minha vida, com os meus cães.

A minha avó e a vizinha desviaram os olhos de mim. Ficámos calados olhando para as brasas da salamandra com a porta semiaberta. Eu ia colocando cavacos e reposicionando com a tenaz os que já ardiam. Começava a ser tarde, mas o calor consolava-nos enquanto íamos falando de assuntos tão frios, tão distantes no tempo. Continuei:

— Lembro-me bem do regresso a Mafra. Não saí de casa durante tanto tempo! Levantava-me tarde, almoçava e voltava para o quarto. Deitava-me e ficava em silêncio. Entrava luz pela janela da rua. Imaginava cenários e colocava-me a viver neles, em alternativa ao que existia lá fora, onde não queria ir. A calma do quarto era ferida pelos barulhos que chegavam do exterior. Nunca suportei barulho. Havia sempre demasiado ruído. Gritos. Autocarros e ambulâncias. Apitos. Os carros a passar. Rodas esmagando o alcatrão. Aparelhos de ar condicionado. Cães que ladravam e vozes de pessoas. Perto ou longe. Murmúrio de passos. A vibração dos mecanismos que trabalham continuamente e só param muito tarde, por algumas horas. A cidade mexe em contínuo. *Zzzzz*. *Rrrrrr*. Esse barulho nunca mais me saiu da cabeça. Ouço-o constantemente. Só à noite se atenua.

A minha avó:

— Lembro-me de te ver chorar, nesse tempo. Antes disso nunca te deixavas ver chorar. Mas tinhas quebrado. Nessa altura choraste finalmente a tua mãe e o teu pai. O Cristo. Essa Cátia. Tudo. Lembro-me de não suportares ruídos. Calafetei todas as janelas e portas, mas não era suficiente. Tu ouvias tudo. Foi duro. Eu dizia-te: "Escolhe o barulho que queres ouvir. Concentra-te no rumorejar das folhas das árvores. O outono vai entrando. O sol está a pôr-se. Já é tarde. Tu gostas do pôr do sol". Tu respondias-me coisas como "Na cabeça dos animais não há barulho. No camião que acabou de passar vão quarenta porcos para o matadouro. Consigo ver os seus olhos. São azuis, verdes, castanhos, pretos, cor de avelã. Como os nossos. Onze deles têm pestanas louras, quase brancas. Alguns são bebés com semanas. Serão chacinados longe dos olhares e sensibilidades. Podem gritar com voz humana. Ninguém lhes acudirá. Para o gado, a hora certa seria nunca ter nascido. Para o gado a hora certa é morrer o mais depressa possível". Eu ficava horrorizada com as tuas palavras e ficava a olhar-te sem saber o que dizer ou fazer. Tu continuavas: "Que estupidez uma pessoa ter de existir para aprender a deixar de existir!". Nunca me esqueci desta frase. Ficou em mim. Percebi que tinhas razão. Não eram pensamentos vãos. Foi nessa altura que te compreendi. Tu não eras louco no sentido tradicional da loucura. Eras diferente. E eu tinha de te deixar ser como eras. Eras um diamante único.

— Foi quando deixei de comer carne.

— Foi quando deixaste totalmente de a comer. Já lhe eras avesso.

— Na ala psiquiátrica eu tinha tido a visão do sangue que faz de nós sangue. A dor que o gerou permanece dentro de nós. E eu não podia viver de sangue nem de dor, tal como nunca suportei a vida dos adultos que deles se sustenta.

— Agora és adulto — exclamou a minha avó, sorrindo.

— Tu sabes que nunca serei adulto dessa maneira. Como os outros.

Há uma voz que é igual quando somos crianças ou velhos. A voz do peito. A voz do que somos. Do que viemos ser. Essa não se altera e eu não tinha parado de me guiar por ela. Continua comigo.

Fez-se silêncio na sala. Estávamos cansados. Tínhamos acabado de atravessar muitos anos em poucas horas. Anos duros.

Era dia 26 de janeiro. Eu e a vizinha tínhamo-nos conhecido há apenas um mês. Parecia-me um ano.

Na televisão estava a dar o último jornal, no qual nos concentrámos. Um conjunto de barragens tinha rebentado no estado de Minas Gerais, no Brasil, gerando um mar de lama, centenas de mortos e desaparecidos. A França entrava na décima semana de manifestações dos coletes amarelos. Centenas de pessoas tinham-se manifestado em frente da Câmara Municipal do Seixal contra o racismo nas polícias, após a divulgação nas redes sociais de um vídeo documentando uma violenta incursão da PSP no bairro da Jamaica. Um ex-militante do PSD tinha entregado no Tribunal Constitucional sete mil e quinhentas assinaturas para formalizar a criação de um partido de extrema-direita populista em Portugal. Um ex-primeiro-ministro considerava ilegais as investigações sobre os movimentos bancários entre as suas contas, as da mãe e as de um amigo. Rimos todos sem nos conseguirmos conter. Quem é que não gosta de uma boa história de aldrabice?

A risota partilhada ajudou-nos a limpar o ambiente da conversa que tínhamos acabado de manter.

Uma caixa aberta

No dia seguinte, acordei ofegante e inquieto. Tinha sonhado com a Cátia. No sonho tínhamos feito sexo e gozado. Ela apareceu-me na figura de um diabo magro, desdentado, de ventre saliente, que sorria maliciosamente. Eu era o adolescente do passado. Tínhamos fornicado com vício num espaço vazio, como dois astronautas flutuando no espaço. Tinha gostado de ser fodido por ela. A Cátia estava morta e eu tinha ido ao seu encontro nesse não lugar só para fodermos. Só isto. Cru. Era sonho macabro, doentio e bizarro. Era apenas um sonho. Mais um dos meus sonhos, mas tinha de respirar, recompor-me e deixar passar. Perturbava-me. Sentia-me mal. Sentia asco por ter feito sexo com uma velha morta. A Cátia. Sentia vergonha que a minha mente tivesse concebido semelhante sonho. Mas era só um sonho. Que eu soubesse a Cátia não tinha morrido. A conversa da noite anterior e as palavras que ouvira à minha avó tinham mexido comigo. Influenciaram-me. Precisava de esquecer esse fantasma que a minha cabeça inventara.

Respirei fundo, levantei-me e preparei-me para o pequeno-almoço, fazendo tudo para afastar da mente a memória da cópula viciosa no espaço astral.

As mulheres conversavam na cozinha. Ouvi a voz da minha avó. Depois a da Florinda, que já tinha regressado, provavelmente a pedido da minha avó. Deviam ter combinado a logística antes da nossa chegada.

— A minha filha está muito bem na Suíça, menina Beatriz. Levou para lá a minha netinha. Têm uma vida muito boa. A Cátia não quis casar e partilha um apartamento com uma amiga. Fazem elas bem, porque os homens são o que a gente já sabe. A Cátia tem o seu emprego, a sua casinha. Um mimo! Já lhe tinha contado isto a si, d. Josefa.

— Não me recordo, peço desculpa.

— A Cátia sempre foi uma rapariga muito desembaraçada, como a d. Josefa sabe. É o que falta a muitos. São muito inteligentes, mas depois não sabem fazer nada na vida.

A minha avó ignorou o toque.

— A menina Beatriz tem filhos? — perguntou a Florinda.

— Deus me livre! — respondeu a minha vizinha.

A Florinda ficou queda e muda. A vizinha tinha um talento especial para a arrumar. Continuou o interrogatório que já tinha iniciado e voltou-se para a minha avó, ignorando a Florinda.

— A propósito de mães e filhos, sra. d. Josefa, lembro-me de que o José me falou numas cartas da mãe que estão na sua posse. Fiquei curiosa.

— Oh, não estão comigo há muito tempo! Não as guardei — exclamou a minha avó.

— Não guardou as cartas escritas pela sua filha? As que escreveu ao marido após a separação? Não as tem? O José contou-me que...

— Desfiz-me delas logo que as recebi. Assim que percebi o seu conteúdo.

— As cartas da sua filha, sra. d. Josefa?!

— Preferia que as tivesse guardado? Cartas trespassadas de culpa, de dor e de ressentimento pelo amor fracassado? Queria que as deixasse como herança ao José? A vida pesou-lhe tanto sem cartas, imagine com elas. O passado acabou. Não temos de carregar o que não é nosso.

— Então desse tempo só restam as coisas que o José enterrou no monte para onde ia com a Cátia.

— Nem isso! Alguma escavadora as deve ter desenterrado. Construíram por lá uma urbanização nos anos 90, quando ele regressou à Margem Sul. O monte já não existe tal como ele o conheceu.

Eu entrei na cozinha e calaram-se. Cada uma tinha no rosto uma expressão diferente. Na Florinda vi ironia e reprovação. Na minha avó, firmeza. Na vizinha, espanto e indignação. Dei-lhes os bons-dias, sentei-me à mesa que estava posta com pão, manteiga e margarina, leite e café, e exclamei, bem-disposto:

— Avó, tens bebida de soja ou aveia que substitua o leite de vaca?

— Tem, sim, senhor, menino. A sua avozinha pediu-me ontem que comprasse essas coisas falsas de que gosta: não sei quê de aveia, queijo, manteiga e fiambre de soja, que parece que é um feijão. Portanto, vai beber água de feijão acompanhada com pão barrado com feijão.

Não consegui conter o riso. Nem elas.

— Venha o feijão, d. Florinda! — exclamei. E de seguida perguntei à minha vizinha: — Quer que mais tarde lhe mostre os lugares por onde eu e a Cátia andámos quando éramos garotos? Quer ir ao tal sítio que foi o Monte?

A resposta veio rápida, mal acabara de fazer a pergunta:

— Quero.

* * *

Antes da viagem para Mafra tinha batido à porta da minha vizinha para lhe anunciar que já arranjara chofer para nos trazer. Mandou-me entrar e encaminhou-me até à cozinha pelo trilho entre as caixas e os monos de eletrodomésticos.

— Sente-se no banco que eu fico em pé.

Obedeci e expliquei-lhe os planos: no dia seguinte ia telefonar à minha avó a anunciar-lhe que ia visitá-la acompanhado pela vizinha. Depois dava uma pequena arrumação à casa, preparava uma mochila com alguma roupa, metia num saco a comida e as trelas dos cães e, em quarenta e oito horas no máximo, púnhamo-nos a caminho.

— Eu também preciso de tempo para arrumar as minhas coisas.

— Quais coisas? — perguntei. O assunto era delicado, mas a pergunta pertinente. — Arrumar o quê? E como? — Abrir caixas e começar a separar o útil do inútil? — E onde, vizinha? — Não havia espaço para se operar. — Peço desculpa, não é minha intenção intrometer-me na sua vida...

— Já se intrometeu! Pensa que não sei muito bem o que as pessoas dizem sobre as minhas coisas e a minha vida!

— Não quero mesmo meter-me, acredite. Eu também não sou grande exemplo. Deixe-me só explicar como faço com o que recolho e recupero. Pode ajudar. Separo tudo na cozinha por categorias e levo para a arrecadação no quintal. É aí que ficam as peças. Permanecem arrumadas até seguirem para venda. Tenho de manter tudo debaixo de olho para saber onde está o que quero levar para cada feira. A vizinha também tem uma arrecadação. As nossas casas são iguais. Só tem de a varrer e de lhe limpar as teias de aranha. Pode lá começar a pôr coisas para arranjar espaço.

— Não tenho essa necessidade: não vendo na feira como você. Posso não ter tudo convenientemente arrumado, posso não ter espaço, mas pelo menos sei que está tudo aqui. Não sei em que caixa estão as coisas, mas estão seguramente dentro desta casa. Algures. Está tudo sob controlo. Quando tiver paciência, vontade, disposição, hei de dar a volta às minhas caixinhas e encontrarei tudo.

Como é que eu poderia dizer-lhe o que pensava sem ser inconveniente, indelicado, sem a magoar?

— Como a vizinha sabe, nas estações de comboio e de autocarro ficam muitos objetos perdidos. As empresas guardam essa bagagem durante um tempo. Tal e qual como nos perdidos e achados da polícia. Mas não se pode armazenar para sempre. Esgota-se a capacidade de armazenamento. Teriam de arranjar museus de perdidos e achados e mesmo assim...

— Museus de perdidos e achados! Que lindo!

Não pude evitar um sorriso. A ideia também me agradava. Se esse museu existisse gostaria de o visitar. Ficámos a deliciar-nos com a ideia e a saborear a nossa maluquice. Grande par que ali estava!

— Deixe-me acabar o meu raciocínio, vizinha. Sabe isto tão bem ou melhor do que eu: como a capacidade de armazenamento se esgota, os perdidos e achados fazem leilões periódicos com os objetos não reclamados. O objetivo não é o lucro. É tudo vendido baratíssimo, normalmente ao lote. Lotes de livros. Lotes de guarda-chuvas. Lotes de porta-moedas. Têm de arranjar espaço para o que há de vir. Não se pode guardar tudo. Se as pessoas guardassem tudo eu não conseguiria viver, já viu a ironia?

Ela olhou para as suas caixas apreensivamente.

— Mas esqueça a conversa. Peço-lhe que prepare uma malinha com roupa quente. Mafra é húmida e ventosa. Depois de amanhã, o mais tardar, vamos.

— E os cães?

— Vão atrás comigo. Já lhe expliquei. Dou-lhes um calmante e dormem a viagem toda. Não tem de se preocupar. Não vai ter de os transformar em chop-suey, esteja descansada.

Quando saí tenho a certeza de que olhou para as caixas que tinha à sua volta na cozinha. Interrogou-se sobre o que teriam dentro. Já não se lembrava. Pegou na primeira que alcançou. Levantou a fita adesiva que mantinha a tampa fechada. Assim que a abriu viu o seu primeiro pano de bordado. Um quadrado de vinte por vinte com quatro flores lavradas num ponto que a mãe lhe ensinara. Uma de cada cor com os pés verdes. Um bordado feio. De principiante. Um pano antigo manchado de ferro. As margens mal arrematadas. Recordou o rosto da mãe, as suas palavras e o lugar da casa onde a ensinara a bordar. Por debaixo do pano, na mesma caixa, deparou-se com uma peça de roupa de cetim branco brilhante com folhas em relevo. Branco sobre branco. Parecia um vestido de noiva, mas tinha sido o robe da noite de núpcias da sua mãe. Não passava de um trapo branco. Pano velho. Pano para reciclar. A caixa estava cheia de coisas que a mãe lhe tinha deixado e que manteve vivas. Acreditava que devia fazê-lo. Não sentia qualquer emoção pelo robe, mas mantê-lo era uma forma de respeito pela mãe. A seguir vinham os livros de missa e a figura de Cristo com a qual a mãe a abençoara enquanto fora viva, após as orações para que tudo lhe corresse bem na escola e no trabalho. Lembrou-se das minhas palavras sobre a impossibilidade de se guardar tudo. Como não? O que é que ela fazia aos livros de orações e à cruz com o Cristo? Deitava-os para o caixote do lixo? Como poderia ela deitar para o lixo o amor da sua mãe por ela, a preocupação com que a criara na ausência do pai? Como poderia atirar para o contentor a menina que foi no ano em que aprendera a bordar e as horas que a mamã roubara ao trabalho para a ensinar a fazer os pontos com paciência? Deitar fora todo o passado que os panos velhos, os livros e a cruz mantinham vivo? Extingui-lo? Ficou a matutar no assunto, angustiada. Não amava o robe, mas a sua mãe. Sentiu-se incomodada com a consciência disso. Alguma coisa na sua vida tinha falhado completamente. Só havia um caminho naquele momento: fechar a caixa e mantê-la onde estava. Voltou a meter os objetos dentro, rapidamente, sem a ordem anterior. Tinha tirado a fita adesiva e a tampa da caixa deixara de assentar. Tinha de procurar o rolo de fita-cola. Onde estaria? Não fazia ideia. Algures na sala ou no quarto ou na cozinha ou na casa de banho. Enfiada num saco. Deixou a caixa aberta e foi deitar-se. Precisava de dormir para esquecer o assunto. Só o sono repara. E o tempo. De preferência juntos.

O Redentor

A grande novidade de 2019 tinha sido a mudança da minha vizinha para Mafra. Vivia com a minha avó e dela cuidava, desde que a tínhamos ido visitar em janeiro. Era mais do que cuidar. Gostavam uma da outra. Entendiam-se no pragmatismo que partilhavam. E eu voltara à Margem Sul.

A Florinda tinha desaparecido de cena inapelavelmente. Mantinha-se no reduto do seu lar a ver televisão sem perder tempo a cobiçar os serviços de louça da minha avó e sem opiniões sobre a vida alheia. A minha avó sentia-se aliviada e continuava brilhante, apesar dos achaques físicos. O coração fraquinho. As pernas claudicantes. Precisava de ajuda para se vestir, para tomar banho. Como todos os velhos. Como um dia eu precisarei. Mas conservava a alegria de viver. Essa é a grande bênção.

A minha avó e a vizinha tinham ambas trabalhado em Lisboa e aí vivido os tempos da Revolução. Conheciam bem a cidade e os seus recantos e histórias. O amor não lhes tinha corrido de feição e dele tinham abdicado. Entretinham-se com narrativas da Lisboa que tinham conhecido. Os cafés, os cinemas, os filmes, os passeios. Contavam histórias de vida uma à outra. A vizinha lia-lhe em voz alta os romances que a minha avó apreciava mas que já não tinha olhos para decifrar. As coleções do Círculo de Leitores que tinha acumulado durante anos. Os autores russos e ingleses, sobretudo. Mas também os nossos: Maria Judite de Carvalho, Fernando Pessoa, Camilo Castelo Branco,

Eça de Queirós, Júlio Dinis, Saramago. A vizinha recitava-lhe de cor poemas da Florbela Espanca, da Sophia, do Eugénio, da Natália. Resolviam em conjunto dezenas de palavras cruzadas e de sudokus. Pareciam mãe e filha sem os habituais pequenos problemas que atormentam as mães e as filhas. A vizinha era trinta anos mais nova do que a minha avó. Podia ter nascido da sua barriga. A minha avó parou de se queixar de solidão. Parou de falar de morte próxima. E a minha vizinha sentia-se apoiada, apreciada e valorizada. Para mim, este encontro tinha sido o Euromilhões, passe a expressão. O "Jardim do Paraíso" podia começar com uma estranha vizinha engripada.

Agora a minha vida incluía passar os domingos com elas e voltava à segunda. O sr. Manuel lá me ia buscar, sempre com Revo e a Nossa atrás. A vida tinha-se alterado. A vizinha estava mais calma com os cães. Mais habituada. Não lhes fazia festas, mas não se incomodava que se deitassem no tapete a um metro dos meus pés ou que abanassem a cauda quando a viam chegar. O seu pavor era que a Nossa emprenhasse do Revo. O que é que faríamos aos cãezinhos? Ela não iria afogar bebés como viu a mãe fazer aos gatinhos. Tivemos de lhe explicar que os cães estavam esterilizados, que não corríamos esse risco. Agora era assim. Ficou aliviada.

A última Feira da Ladra antes do Natal de 2019 calhou na véspera. No sábado anterior a venda tinha sido desaconselhada. O furacão Elsa inundara as ruas da região de Lisboa com chuva tocada a ventos fortíssimos, derrubando árvores, cortando ligações, matando gente acidentalmente. Quase ninguém se aventurou no Campo de Santa Clara. O mau tempo tinha deixado ramos partidos, toldos arrancados e poças de água por todo o país.

Mas nessa terça-feira, véspera de Natal, não chovia e a temperatura estava excelente para um dia de inverno. Levei poucos objetos, porque uma venda de Natal na véspera peca por tardia. Serve as lojas de meias e de brindes rápidos. Os clientes da

Feira da Ladra são outros. Não me queria demorar. Estava com a cabeça noutro lugar. Tinha planos. Perto do meio-dia comecei a preparar-me para ir andando, mas apareceu uma cliente habitual que me atrasou ligeiramente.

— Sr. José, vim num instante à sua procura para saber se trouxe alguma coisa de que o meu pai goste. Não tenho nada para lhe oferecer logo à noite.

— Trouxe peças a pensar nas prendas de Natal, mas não tenho muita variedade. Para o seu pai, para o seu pai... deixe-me lá ver... tenho caixas de cigarros. Aquela em madrepérola. — Apontei para uma ponta da banca. — E essa ao seu lado em tartaruga. As duas são lindíssimas.

— Caixas de cigarros servem para quê, nestes tempos?

Sorri, não evitando a resposta.

— No caso do seu pai servem para contemplar. Para se maravilhar. Mas quem não seja colecionador pode usá-las para guardar coisas pequenas. Os primeiros dentes dos filhos. Sei lá eu! Para decoração. São bonitas. A senhora não gosta?

— Só me lembram os animais que chacinaram para extraírem a matéria com que as produziram.

Olhei-a. Havia mais gente como eu. A cada década ia ficando menos sozinho no mundo. Respondi:

— Penso o mesmo quando vejo as peças em marfim, em osso e em pele de animais exóticos que tenho na arrecadação. Tenho vergonha de as trazer para a feira. E medo, para ser honesto. Nestes tempos... Só se me pedirem antecipadamente. E não exponho. Animais chacinados para satisfazer a vaidade, a moda, a ostentação de poder e riqueza. Eu percebo. Não deixam de ser peças belíssimas. Mas a abordagem desses objetos não é fácil.

— Por mim, sr. José, queimava-se tudo numa enorme fogueira e acabava-se o tráfico.

— Já estivemos mais longe. Uma coisa lhe garanto: estas peças têm mais de cinquenta anos. Os animais já morreram há muito tempo. O mundo era outra coisa lá para trás. Entretanto evoluímos, felizmente. O que a senhora acabou de me dizer era indizível quando eu era pequeno. No mundo inteiro só meia dúzia de santos ou de iluminados pela ciência se atreveria a mencionar esses assuntos. Mas vamos lá ver: para o gosto do seu pai tenho outras coisas. Deixe-me pensar. O que me diz a canetas de tinta permanente? Ou facas de papel?

— Isso é tudo tão... antigo. Tão... inútil.

— As coleções acumulam essas características. São para contemplar.

— Eu gosto de oferecer coisas de que também goste.

— Tenho uma inutilidade rara e antiga que o seu pai apreciaria. Raramente a mostro. Não está à vista e é mais cara. Quer ver? — Não esperei pela resposta. Enquanto falava fui tirando o embrulho de um antigo saco que a TAP oferecia aos passageiros, nos anos 70, e que também era para venda. Estiquei o braço e mostrei-lhe a valiosa peça sorrindo. — É um carimbo do Partido Revolucionário do Proletariado com o respetivo logótipo. Jeitoso, já viu?

Ela sorriu interrogativamente:

— Partido Revolucionário do Proletariado?

— Eu bem sei que já ninguém consegue usar a palavra "proletariado" sem se rir. Mas foram belos tempos. Para uns. Para outros não. É sempre assim. Uns perdem, outros ganham. Sabe que partido foi este?

— Não faço ideia.

— Aproveite para perguntar ao seu pai hoje à noite. Ele sabe tudo sobre o 25 de Abril, causas e consequências, e sei que aprecia estas antiguidades. Pode levar à confiança. Tenho a certeza de que ele se vai regalar.

— Não sei o que se faz com um carimbo antigo, mas se me diz que se regala... E pelo menos tem história.

Sorri cumplicemente. Voltei a embrulhar a peça no papel e entreguei-lha. Ela estendeu-me o valor e perguntou:

— Onde é que o senhor arranja estas raridades?

Hesitei em dizer-lhe a verdade. Simpatizara com ela. Era uma cliente regular, mas as pessoas gostam de fantasia. Preferi manter-me impreciso sobre a proveniência do meu stock, a bem do espírito de Natal.

— Por todo o lado. Os mais velhos vão morrendo e as coisas vão ficando esquecidas nos armários, nos armazéns... Depois os herdeiros vendem tudo.

Assim que ela partiu acabei de arrumar as coisas e carreguei os sacos até à praça de táxis. Esperei por algum outro vendedor que quisesse partilhar a corrida. Acabava sempre por aparecer alguém e economizava-se. Tinha vendido pouco, mas não me podia queixar. Pelo menos o carimbo tinha rendido bem. Já andava com ele há uns bons meses, esperando a pessoa certa para o despachar.

Queria chegar a casa rapidamente, largar as coisas na cozinha, tomar banho, vestir-me, pôr umas coisitas na mochila e seguir para Mafra. Fazia cinquenta e cinco anos no dia seguinte. Nesse ano havia grande novidade: ia passar o Natal e o Ano-Novo com a minha avó. Há muitas décadas que não passava o Natal nem o aniversário em família. Só com os meus cães. Não me queixava. Grandes companheiros. Mas sentia-me especialmente feliz com a perspetiva deste Natal na companhia da minha querida avó. Sem culpa. Sentia-me eufórico. Desde os tempos de criança que não me lembrava de um Natal e aniversário felizes.

* * *

Na antevéspera de Natal, a vizinha anunciara-me ao telefone que ia preparar o habitual para ela e para a minha avó, mas que tinham uma ceia biológica e cheia de vegetais para mim. Ovos de galinhas de capoeira das aldeias ao redor de Mafra. Das que andavam soltas ao sol. Grão e grelos ou couve galega. O que eu quisesse. Não precisava de me preocupar. Eu tinha presentes para elas. Simples, mas tudo como manda a lei das reuniões em família. Um Natal tradicional.

A segunda, terceira e quarta novidades de 2019 é que tinha passado a ter telemóvel para lhes telefonar todos os dias. E televisão, que a minha avó me oferecera. Pequena, mas com qualidade HD, aliás, ultra HD. Era como se estivesse no cinema e dentro do ecrã. E um pacote de TV, internet e fixo. Era todo um novo mundo. Podia ver as notícias, mas sobretudo os canais de filmes e documentários. O canal Odisseia era o meu preferido. Os lugares da natureza onde o homem não ia. Florestas que eram mares de oxigénio e seiva. Desertos sulfurosos onde a vida humana não era possível. A vastidão do planeta Terra. A sua beleza inexprimível e medonha. Tudo me fascinava. Documentários sobre os flamingos rosa em África, sobre a costa irlandesa fustigada pelos ventos ou um filme do Woody Allen. Internet usava pouco. Ainda não me tinha habituado. Consultava o email, sites de notícias e de museus. Estava a habituar-me, devagar. Era o mundo inteiro nas nossas mãos. Tudo. Rápido. Disponível. Nunca tinha havido um tempo como este, desde que me lembrava de estar vivo.

* * *

Em fevereiro, umas semanas após o despedimento da Florinda no início do ano, tínhamos conversado os três e ficara assente que eu voltaria à minha casa e à minha rotina na Margem Sul e à vida de sempre. A Feira da Ladra à terça e sábado esperava por mim. Quando tomara a decisão de ir visitar a minha avó com a vizinha não levava planos para além disto: uma visita. Estar com a minha avó. Ouvi-la. Perceber como estava de saúde e descobrir como responder à sua insatisfação com a Florinda. A vizinha, com a sua secura e pragmatismo, tinha-me ajudado a afastar a auxiliar indesejada e resolvera-me o problema no momento, mas criara-me um segundo. Quem iria olhar pela minha avó? Acertámos que a vizinha ficaria uns tempos com a avó Josefa. Até ver. Já lá iam mais de dez meses bem-sucedidos.

No primeiro dia da nossa visita a Mafra, após o almoço, pedi autorização à minha avó para ir mostrar à vizinha os lugares onde eu tinha passado a adolescência com a Cátia e sobre os quais ela alimentava tanta curiosidade. Deixámos o Revo e a Nossa deitados aos pés da avó, chamámos o taxista que habitualmente a transportava e nos fez um preço especial para passar a tarde nas voltas. Seguimos com ele num tour pelas ruas do centro que iam desembocar no antigo liceu de Mafra, agora desativado, pela igreja de Santo André, em cujo adro nos sentámos a apanhar restos de sol, pelo jardim do Cerco, pelo convento magnífico e seus cantos onde logo a seguir tivemos de nos refugiar da chuva. Passámos por A-da-Perra, Murgeira, Poço de Serra, Barreiralva, Codeçal, Tapada e estrada velha para a Ericeira, que tantas vezes fiz a pé com a Cátia. Passámos por todos esses lugares que percorríamos para cuidar de colónias de gatos e cães vadios. Mafra continuava ventosa, húmida e fria mas a vizinha gostava do ambiente e do clima e ia aprovando o que via. Exclamou: "Belo lugar para se viver!". Deixámos o monte para o final. Como a minha avó nos dissera, tinha-se transformado num bairro de edifícios e moradias caras situadas num lugar alto, com vista para a estrada. Era a urbanização do monte. Sentámo-nos num café para lanchar, sem dizer nada, digerindo o passeio que fora importante para ambos, por motivos diferentes. A vizinha tinha ido uma vez a Mafra com a Nani para fotografar o convento. De pouco se lembrava. Enquanto lhe fui mostrando os lugares da cidade senti que a minha adolescência em casa da minha avó tinha sido feliz, e que a Cátia seria importante na minha vida, onde quer que estivesse. Se ela cometesse um crime visitá-la-ia na prisão. Tinha cumprido comigo uma verdadeira missão. Nunca pudera retribuir-lhe o bem que me fizera. O seu apoio e companhia mitigaram o sofrimento pela minha perda. A sequência de pensamentos levou-me à paixoneta da vizinha.

— Beatriz, você nunca conseguiu ultrapassar o amor pelo seu patrãozinho advogado. E ainda vive atormentada por isso, não vive?

— Atormentada não diria. Ele morreu. Acabou.

— Mas todas as coisas que você guarda lá em casa... A Beatriz não se pode mexer. Está enfiada numa espécie de corredor da morte. É o que me lembra a sua casa. Desculpe.

Senti que tinha ido longe demais. Tinha ousado. Não respondeu. Parecia nem ter ouvido. Ficámos a saborear cada um o seu queque e a meia de leite, como se nada tivesse sido dito. Contemplámos os ocupantes das restantes mesas. Ela fitou-me e disse:

— Para além de tudo o que guardei da minha mãe, de tudo o que fui guardando de todos, recolhendo, trazendo, acumulando, colecionando, o que quiser chamar-lhe, ainda tenho os bilhetes que ele me deixou na malinha, nos tempos da retrosaria. Tenho um lenço que lhe roubei. Fotografias que lhe tirei. Toda a minha vida está nessas caixas do corredor da morte.

— O que a minha avó lhe disse sobre o passado, sobre o que acabou... — continuei. — Estamos no monte onde eu e a Cátia enterrámos os pertences que o meu tio me trouxe da casa dos meus pais. As prendas de Natal da minha mãe. Tudo se perdeu. Tudo não. Perderam-se as coisas materiais carregadas de lembranças. O amor da minha mãe continua vivo. O que senti pela Cátia nunca morrerá.

— Sim. Compreendo — respondeu.

Quando chegámos a casa da minha avó já o sol se punha. Era necessário tratar do jantar, tarefa de que me ocupei com gosto enquanto elas ficaram a conversar na sala.

Quando o jantar estava quase pronto e comecei a pôr a mesa na cozinha ouvi a minha avó rir alto. Chamou-me:

— Zé, anda cá. Isto é uma pérola. Uma pérola.

Fui. Entrei na sala e a minha avó desembuchou:

— A propósito da caixa que enterraste no monte, a menina Beatriz estava a falar-me sobre as coisas que tem em casa, que herdou da mãe e foi acumulando ao longo dos anos. Foi quando chegámos à história do advogado que se autoassassinou sem querer. O que para aqui me tenho rido! Tu já conheces a história, bem sei. O homem não devia ser má pessoa, mas que marmanjo! Do que você se livrou, menina Beatriz. Devia agradecer. O que é que a menina esperava do encontro? Tem de se livrar dessa carga. É uma fase da vida que acabou. Imagine que não tentava abotoar-lhe o casaco e ele não tinha caído. Falavam de quê? Sairia dali sempre insatisfeita. Seria uma discussão brava. Ele estava farto das suas perseguições, de si. Nunca lhe diria o que desejava ouvir, porque mesmo na negação do amor, que dele exigia para sua libertação, a menina buscava ainda o desperdício velho, sujo e rasgado do antigo interesse por si, no espaço dos fundos da retrosaria, num tempo delimitado. Terminado. Ele não lhe daria a satisfação de pronunciar as palavras que a menina queria ouvir. Nunca.

A minha avó tinha resumido o drama de uma vida em poucas palavras.

Durante o jantar a minha avó reforçou:

— Convinha a menina esvaziar a casa desse peso. Não é a casa que o carrega, é a menina.

— Não consigo. E mesmo que conseguisse, não sei como fazer.

A minha avó olhou para mim e li-lhe os pensamentos.
— Posso dar uma ajuda — avancei. — A vizinha pôs a Florinda na rua. Honestamente, ficámos com um problema. Quanto tempo podemos estar aqui os dois a olhar pela avó? Proponho o seguinte: deixe-se estar aqui umas semanas e eu regresso ao nosso bairro. Abro as suas caixas, vou-lhe dizendo o que têm dentro e logo se vê o que vai fora e o que fica.
— Tem paciência para isso?
— Se tenho paciência? Até salivo ao pensar em abrir as suas caixas.

* * *

O conteúdo das caixas da minha vizinha foi na sua maioria distribuído pelos postos de reciclagem de papel, embalagens e vidro. Chamei os recoletores especializados que conhecia da Margem Sul para levarem todos os pequenos eletrodomésticos e outros objetos que iriam salvá-la da fome no fim do mundo. Guardei para mim peças que tinham valor no mercado de velharias e que facilmente poderia vender na Feira da Ladra. Guardei para lhe entregar todas as suas fotografias e rolos por revelar. Os bilhetes do d. Sebastião foram para o lixo. Ela escutava os meus relatórios diários sobre o conteúdo das caixas e dizia, "ai, ai". Mas a minha avó ia-a apoiando. A certa altura a casa da vizinha ficou quase vazia, só com os móveis essenciais. A mesa, cadeiras, cama e sofá. Ela não tinha mais nada. Aí trabalhei entre fevereiro e maio. Daí retirei milhares de quilos de lixo.

Em junho aluguei um táxi-carrinha para conseguir levar-lhe o que se salvou: as caixas com fotos e rolos e apenas uma mala de roupa.

* * *

O sr. Manuel era taxista reformado, mas continuava a fazer uns biscates. Procurei-o no Café Colina quando se colocou a necessidade de ir visitar a minha avó com a vizinha, no início do ano.

Estava sempre sentado ao fundo do estabelecimento, com o jornal *A Bola* nas mãos e os óculos na ponta do nariz. Tinha vendido o táxi, mas mantinha estacionado à porta um Renault 19 Chamade, 1.4, de 1990, que era e continuava a ser o melhor carro daquele segmento no mercado, nas suas palavras. Para mim, qualquer carro que não avariasse era o melhor do mercado. Este era outro assunto, para além de futebol, sobre o qual mantinha total desinteresse e desconhecimento. Era com o seu extraordinário Chamade cinzento grafite metalizado, sem um risco, que o sr. Manuel ia pescar durante a semana e passear com a senhora aos domingos. Antes da primeira viagem, em janeiro, comunicou-me que não tinha qualquer problema em levar os cães, desde que eu arranjasse forma de cobrir os assentos com mantas, por causa dos pelos. Pelos é que não. E assim foi. A Polícia Judiciária não conseguiria recolher qualquer vestígio de ADN dos meus cães no carro do sr. Manuel, mesmo que se esforçasse.

Ao final da tarde do dia 24 de dezembro de 2019, o táxi do sr. Manuel veio buscar-me a casa e parou à porta da minha avó pouco antes do pôr do sol. Desejámo-nos boas-festas. Senti que era o primeiro Natal da minha vida. Os Natais do passado estavam tão longe.

A minha avó e a vizinha já estavam à minha espera sentadas na varanda com um pequeno cão preto deitado aos seus pés. O tempo começava a refrescar. Parecia tal e qual o Cristo. A minha vizinha olhou para a minha cara de espanto e disse:

— Tinha esta surpresa guardada para si.

— Parece o Cristo! — exclamei.

— A sua avó disse-me o mesmo.

— Mas o que é que aconteceu?

— Na última semana, depois de você se ir embora, fui dar um passeio. O caminho do costume. Já o fizemos juntos. Você sabe. Apareceu-me este cão no meio do caminho.

— Não sentiu medo? Não mudou de passeio?

— Não deu tempo. Fiquei parada. Como se estivesse congelada. Só pensava "ele vai-me morder, ele vai-me morder, ele vai-me morder, faz-te de estátua, não te mexas". E fiquei de olhos fechados à espera de sentir a dentada, em pânico controlado, tentando não dar escândalo, não me pôr aos gritos. Dizem que os animais não atacam se não nos mexermos.

— Controlou-se muito bem, vizinha.

— Que remédio! Senti-o aproximar-se de mim, cheirar-me as botas e deitar-se aos meus pés. Nem foi aos meus pés, foi em cima deles.

— Não sei como se aguentou.

— Nem eu. Mas comecei a acalmar. E tinha de regressar para casa. Precisava de me mover e voltar para trás. Estava a anoitecer. Mexi-me devagar, retirando um pé de cada vez, mas claro que ele acordou e se levantou. Fiquei de novo parada como uma escultura no passeio, e ele igual, ao meu lado sacudindo-se. Ousei dar uns passos, devagarinho, e ele seguiu-me. Veio atrás de mim até casa. Já não me largou. A sua avó estava à minha espera e quando me viu chegar disse-me: "Os animais conhecem sempre quem gosta deles. Deixe-o entrar. Parece o Cristo. O meu neto vai adorar. E onde comem dois, comem três".

— Sim, senhora. Valente — exclamei.

— Agora temos aqui o bicho. Parece manso. O que é que queria que fizesse? — exclamou a vizinha.

Queria dizer-lhe alguma coisa que a animasse. Ocorreu-me:

— Nada. Fez bem. Você habitua-se, vai ver. Já lhe deu nome?

— Eu não. A sua avó.

— Como é que lhe chamou, avó?

— Como é parecido com o Cristo mas não lhe quero dar o mesmo nome ficou Redentor.

— Redentor, avó? Não pode chamar Redentor a um cão. Isso vai dar chatice.

E a vizinha exclamou:

— Podemos chamar-lhe Redentor em casa e Red na rua.

Olhei para ela, sorri, e pensei que ninguém entra na nossa vida por acaso.

Almada, 2017 — Santana do Campo, 2022

Esta edição foi apoiada pela DGLAB — Direção-Geral do Livro, dos Arquivos e das Bibliotecas, Portugal.

© Editorial Caminho e Isabela Figueiredo, 2022
© Isabela Figueiredo, 2023

Todos os direitos desta edição reservados à Todavia.

Respeitou-se aqui a grafia usada na edição original.

capa
Elisa v. Randow | Alles Blau
preparação
Ana Alvares
revisão
Gabriela Rocha
Tomoe Moroizumi

Dados Internacionais de Catalogação na Publicação (CIP)

Figueiredo, Isabela (1963-)
   Um cão no meio do caminho : romance / Isabela Figueiredo. — 1. ed. — São Paulo : Todavia, 2023.

   ISBN 978-65-5692-508-0

   1. Literatura portuguesa. 2. Romance. 3. Amizade – memórias. I. Título.

CDD 869.3

Índice para catálogo sistemático:
1. Literatura portuguesa : Romance 869.3

Bruna Heller — Bibliotecária — CRB 10/2348

todavia
Rua Luís Anhaia, 44
05433.020 São Paulo SP
T. 55 11 3094 0500
www.todavialivros.com.br

fonte
Register*
papel
Pólen natural 80 g/m²
impressão
Ipsis